KB156098

논문
의
힘

논문의 힘

공부의 시작과 끝,
논문 쓰기의 모든 것

김기란 지음

현실문화

차례

생애 처음으로 논문을 쓴다는 것

고백하건대 이 책은 순전히 나의 경험을 바탕으로 쓴 것이다. 책을 쓰는 동안 몇 권의 참고도서를 흘깃거리기는 했지만, 이 책의 내용 대부분은 내가 부딪혔던 어려움과 그것을 해결하기 위해 고군분투했던 나만의 경험으로 구성되었다. 그러니 이 책의 내용은 순전히 주관적인 판단과 조언일 수 있다.

학위논문은 학위과정에 있는 누구에게나 생애 처음 쓰게 되는 꽤 긴 글이다. 학위논문은 심사과정에서 완성된다. 심사과정은 일정한 절차에 따라 정해진 기한 내에 진행된다. 학위논문을 준비하는 사람들은 심사의 절차와 기한에 맞춰야 한다는 압박감을 느끼며 학위논문을 쓰게 되는 것이다. 그러나 절박한 만큼 답답하기만 하다. 이들이 느끼는 답답함을 해결해줄 수 있는 조리 있는 설명을 어디서도 쉽게 얻을 수 없기 때문이다. 조언을 해줄 수 있는 선배들 역시 대부분 '경험적으로' 논문 글쓰기 방법을 터득한 탓이다.

우리는 대학을 졸업할 때가 되면, 혹은 대학원 과정을 수료하고 학위논문을 쓸 때가 되면 '당연히' 논문을 쓸 수 있을 것이라고들 생각한다. 하지만 현실에서 논문을 쓰는 사람들은 논문의 내용을 구상하는 동시에 논문이라는 글쓰기의 비밀을 풀어야 하는 이중고에 시달린다. "너무 어려워서 잘 읽히지 않는다", "선택한 연구대상이 특별하다고 주장하는 이유를 알 수 없다", "논문의 주제로 적절하지 않다", "내용이 전개되어 논문으로 구성될 것 같지 않다", "방법론이 없다", "열심히 썼는데, 그래서 무엇을 하겠다는 것인지 모르겠다", "논문의 연구목적이 구체적이지 않다", "이런 연구가 유의미한 것인지 의문이다" 등등은 논문을 쓰는 과정에서 한 번쯤 들어봄직한 지적이다. 하지만 이런 문제를 어떻게 해결할 수 있는지에 대한 구체적인 대답은 듣지 못한 채 다시 한 번 생각해보라는 조언만을 얻고서 학위논문을 준비하는 사람들은 낙담하고 만다.

돌이켜 생각해보면 나 또한 논리적 글쓰기, 나아가 논문이라는 형식의 글쓰기에 대해 체계적으로 학습할 수 있는 교과과정을 경험해본 적이 없다. 초등학교 때는 백일장에서 독후감 같은 수필류의 감상문을 작성한 것이 글쓰기 경험의 전부였고, 논술시험 1세대였지만 중고등학교 시절 논리적 글쓰기 교육을 학교 정규과정으로 학습한 적은 없다. 대학에 진학하니 '대학 국어' 혹은 '대학 작문'에 해당하는 강좌가 있었지만, 그런 강의에서도 논리적으로 누군가를 설득하는 글을 연습했던 것 같지는 않다. 최소한 나에게 대학에서 글을 쓴다는 행위는 문학적 글쓰기를 모범 삼아 내 생각, 정확히는 경험이나 느낌을 정서적으로 풀어내는 글쓰기에 가까웠다.

　대학원에 진학하기 직전에 대학원 입학시험 때문에 비로소 각종 학술논문을 필사적으로 읽게 되었다. 그리고 대학원 입학과 동시에 '논문'이라는 낯선 글쓰기 형식을 고민하게 되었다. 하지만 그런 고민은 늘 화려한 수사와 번잡스러운 번역 문체, 길고 복잡하며 고답적인 문장이 어울리는 '내용 없는' 글들에 미혹된 채 뒷전으로 밀려나곤 했다. 논문이라는 글이 전개되는 형식에 대한 고민을 해결하지 못한 상태로 멋모르고 석사학위논문을 썼다. 누구 하나 속 시원히 알려주지 못했던 논문작성법을 논문을 쓰면서 어렴풋이 알게 된 것은 그나마 다행스러운 일이다. 늘 연구실을 지켰지만 끝내 학위논문을 완성하지 못하는 최악의 경우도 없지 않았기 때문이다.

　대학의 강의는 논리적 글쓰기 능력을 전제로 진행된다. 이런 사정은 대학원에 진학해 본격적으로 학술논문을 쓸 때에도 반복된다. 학술적이고 논리적인 글쓰기가 체계적으로 연습되지 않은 채 학위논문의 작성과 지도, 심사 과정에 직면한 학생들은 당혹감을 느낄 수밖에 없다. 지도교수의 논문 지도는 글쓰기 형식이 아니라 논문 내용에 집중되게 마련이어서 학위논문을 준비하는 사람은 자신의 학술적 주장을 효과적으로 드러내는 전통적 논문의 규범적 형식에 대해서는 '스스로 알아서' 터득해야 한다. 하지만 많은 학생이 이런 상황에서 '학술적'인 내용을 '논리적'으로 배치하고 설득하는 형식을 알지 못해 무엇을 어떻게 시작해야 할지 막막해 한다. 대부분의 경우에 선배의 주관적 경험을 참조하거나 직관에 의지하거나 기존 논문의 형식을 모범 삼아 스스로 논문 글쓰기의 장르적 성격을 이해해야만 한다.

1999년 독일 유학을 준비하면서 독일 대학에 제출했던 연구계획서가 되돌아왔을 때 느꼈던 당혹감을 나는 지금까지도 잊을 수가 없다. 연구계획서를 반려한 이유는 논문의 목적이 불분명하고 논문의 주제가 너무 포괄적이라는 것이었지만, 나는 내가 제출한 연구계획서에서 무엇이 어떻게 잘못되었다는 것인지 알 수 없었다. 그때 문득 대학 강의실에서 들었던 한 은사님의 한탄이 떠올랐다. 1970년대에 영문학을 전공하고 미국 대학으로 유학을 떠났던 그분은 미국 대학에 제출한 첫 보고서가 빈틈없이 빨간 줄로 지워져 되돌아왔을 때 죽고 싶은 심정이었다고 말씀하셨다. 고국의 모교에서 무엇을 배웠는지 너무나 원망스럽고 부끄러웠다고 회상하셨다. 물론 누구나 겪는 문제는 아닐 것이다. 연구계획서가 지도교수에게 쉽게 승인되면 학위 취득을 위한 유학 기간이 줄어든다는 사실을 나는 유학 중에 알게 되었다. 그들의 연구계획서는 어떤 특별한 '노하우'를 담고 있는 것일까, 나는 그것이 늘 궁금했다.

한국으로 돌아와 박사학위논문을 준비하면서 대학 1학년생을 대상으로 하는 글쓰기 강의를 하게 되었다. 강의를 하면서 나는 대학 초년생이 겪는 글쓰기의 어려움이 내가 박사학위논문을 작성하며 겪는 어려움과 본질적으로 크게 다르지 않다는 것을 알게 되었다. 내가 박사학위논문을 쓰며 겪었던 어려움, 곧 논리적 글쓰기의 어려움을 강의실의 수강생들과 함께 나누는 과정에서 나는 막연하나마 해결의 실마리를 찾아낼 수 있었다. 그런 경험이 내가 논리적 글쓰기에 관심을 갖도록 이끌었고 지금까지 논문작성법 강의를 계속할 수 있게 해주었다. 그리고 대학의 글쓰기 강의는 학술논문을 구성할 수 있는 논리적 글쓰기를 바탕으로 해야 한다는 내 나름의 소신도 갖게 되었다.

지난 10년 동안 자의 반 타의 반으로 논문 작성과 관련한 글쓰기 강의를 할 기회가 많았다. 강의를 하면서 논문 쓰는 방법을 알고 싶어 하는 대학생과 대학원생이 많다는 사실에 적잖게 놀랐다. 대학에 입학하면 누구나 교양필수 과목으로 글쓰기 관련 강좌를 듣게 된다. 하지만 여러 대학에서 그와는 별도로 논문작성법 단기 특강을 꾸리는 사정은 학생들이 대학의 글쓰기 강좌에서 관련 내용을 충분히 숙지하지 못하는 데 있을 터이다.

2000년대 이후 대학에서 국어나 작문이 아닌 논리적 글쓰기 강좌가 개설되기 시작했지만 여전히 글쓰기를 자신의 생각을 '발산(표현)'하는 자기중심적 활동으로 이해하는 경우가 많다. 내 생각을 드러내는 데에는 익숙하지만 남의 생각을 경청하고 읽어내는 일에는 인색하다. 하지만 자신의 생각을 경험적으로 표현하는 글보다 담화 공동체의 누군가를 논리적으로 설득하기 위해 쓰는 글은 연습을 요구한다. 그러니 대학에서 학습되는 글쓰기는 내 생각을 경험적으로 표현하는 데 한정될 수는 없다. 내 생각을 표현하되 그것은 타자와 소통 가능한 합리성과 논리성을 담보한 것이어야 한다. 사회적 소통의 장에서 요구되는 의사소통은 정서적이고 표현적인 글쓰기가 아니라 논리적이고 객관적인 글쓰기를 통해서 가능하다. 최근 대학에서 글쓰기를 작문이 아닌 의사소통 과목으로 이해하는 것도 그 때문이다.

현실에서 중고등학교 교육과정의 국어 과목은 남이 쓴 텍스트를 '읽고' 그 내용을 오지선다를 통해 '이해'하는, 시험 답안을 학습하는 데 집중된다. 타자의 텍스트를 '읽는' 과정이 나의 생각을 '쓰는' 과정으로 직접 연결되지는 않는다. 책을 많이 읽는다고 해서 좋은 글을 쓸 수 있는 것은 아니다. 그럼에도 불구하고 책을 많이 읽는 것이 좋은 글을 쓰는 데 도움이 된다는 원론을 강요할 뿐, 책을 읽는 것이 글을 쓰는 데 도움이 되는 구체적인 방법은 알려주지 않는다. 그리하여 독서는 글의 분량을 채우기 위한 방편에 그치거나 백과사전적 정보를 제공하는 한갓 도구로 소비된다. 설혹 책 읽기와 글쓰기를 연동하여 학습하더라도 읽은 내용을 내 글쓰기로 '매개'하는 요약과 그에 따른 인용의 방법은 정확하게 학습되지 못한다. 독서를 통한 이해가 분석과 비판으로 확장되고 그것이 규범적으로 확립된 적절한 인용의 방법을 통해 나의 글쓰기로 매개되어 구현되는 과정을 연습할 기회를 갖지 못하는 것이다.

대학 입학을 위한 시험의 형식으로 만들어진 논술은 주어진 제한된 조건을 충족하며 작성되는 논리적 글쓰기이다. 대학에서 작성되는 보고서 역시 정보의 이해에서 비판적 판단으로 나아가 궁극적으로 자신의 논점을 구성하는 논리적 글쓰기이다. 그럼에도 대학에 제출되는 보고서의 성격이 학술적인 동시에 논리적인 글이어야 한다는 점은 쉽게 간과된다. 논리적 글쓰기를 반복적으로 연습함으로써 논문이라는 글쓰기도 가능해진다. 논리적 글쓰기 과정을 정확히 이해하고 연습한 후 쓸 수 있는 글이 논문이다. 요컨대 논문은 당면해서 해결할 수 있는 글이 아니라 중고등학교와 대학의 교육과정을 통해 단계적으로 연습해야 제대로 써낼 수 있는 글이다.

논문을 작성하기 위해서는 텍스트의 객관적 이해와 이해된 것을 글로 표현할 수 있는 정확한 요약 능력, 텍스트를 비판적으로 판단하고 평가할 수 있는 분석 능력, 그리고 이 둘을 자신의 논점과 매개시키는 통합적 인식 능력, 곧 메타-인지적 능력이 필요하다. 안타깝게도 이런 능력은 어느 날 갑자기 생겨나는 것이 아니다. 이런 능력들이 충분히 연습되지 않은 상태에서 학술논문을 쓰게 되면 인용된 자료의 논점이나 내용에 함몰되어 의도하지 않은 표절의 덫에 빠질 수 있다.

논문을 준비하는 첫걸음은 논문이라는 글쓰기의 장르적 속성과 특성을 이해하는 것이다. 오랜 기간 축적되어온 글쓰기로서 논문의 장르적 특성을 정확히 이해하지 못하면, 논문을 그저 정리된 정보를 논점 없이 나열하거나 내 논점을 일방적으로 단정지어 발산하는 글로 오해할 수 있다. 논문 역시 글쓰기 장르의 하나이기 때문에 장르적 속성과 특성을 익히고 연습해야 작성 방법을 터득할 수 있다. 더불어 논문의 장르적 속성과 특성을 익히기 위해서는 대학의 학문 탐구와 연동화되고 초점화된 독서와 글쓰기 연습이 필요하다.

1990년대 초반까지는 학술논문의 주제를 선정하는 일이나 제출된 학술논문을 찾아 읽고 검증하는 일이 상대적으로 수월했다. 누가 어떤 주제로 논문을 작성하고 있는지에 관해 서로 정보를 공유할 수 있을 만큼 연구자의 수가 적었고 연구결과가 소통되는 학술지의 수도 많지 않았기 때문에 신속한 상호 검증도 가능했다. 중복되는 연구주제를 피하는 연구자들 사이의 인간적인 배려도 가능했던 만큼, 학술논문의 글쓰기 윤리는 관행적으로 개인의 윤리 문제로 한정되었다. 논문의 글쓰기 형식에 대한 명확한 학습 없이도 글쓰기 윤리가 관행의 경험을 통해 수용되고 다음의 학문 세대로 전수되었던 것이다.

하지만 대학원이 활성화되고 연구자와 학술지의 수가 비약적으로 증가한 지금, 생산된 학술논문을 전체적으로 검증하고 판단하는 일은 한층 더 어려워졌다. 학술대회의 기획주제가 중복되는 경우가 많아졌고 발표자가 겹치는 경우도 다반사다. 인터넷의 발달로 인해 정보를 접하고 모으는 일이 수월해진 반면, 다른 사람이 생산한 정보나 논점을 손쉽게 자신의 것으로 변형하는 일도 가능해졌고, 그와 함께 표절 및 도용의 문제가 사회적인 문제로 떠오르고 있다. 국가에서도 이러한 상황을 제도적으로 해결하기 위해 노력하고 있지만 실제 효과는 크지 않다. 논문의 표절 여부가 학술의 장이 아닌 언론을 통해 판단되고 있는 형국이다.

이런 상황에서는 개인의 글쓰기 윤리가 더욱 중요하다. 오랜 기간 형성되어온 논문의 규범적 장르 속성은 글쓰기의 윤리를 스스로 성찰할 수 있는 안전망과 다름없다. 내 경험으로 미루어 보면, 표절을 했던 사람은 또다시 표절의 유혹에 빠지곤 한다. 표절로 판명된 글을 추적해보면 글쓴이가 이전에 쓴 글들도 표절의 혐의가 짙은 경우가 많다. 글쓰기는 일종의 습관이기 때문이다. 그런 점에서 생애 처음 쓰게 되는 학위논문은 그 학문적 위상을 떠나서도 중요한 의미를 지닌다.

3~4년 전만 해도 논문작성법 강의를 진행하면 강의실에 비탄의 신음과 안도의 한숨이 가득했다. 표절에 대해 정확히 알지 못하고 논문을 쓸 뻔했다는 두려움, 선행 연구를 읽고 요약하다 보면 나의 논문이 완성될 줄 알았는데 그 생각이 지나치게 순진했다는 자조감, 포괄적인 주제를 설정하여 보람 없이 잡아먹은 시간에 대한 안타까움이 강의실에 가득했다. 그런데 최근에는 다음과 같이 항변하는 듯한 당황스러운 눈빛과 만나게 된다. '왜 나만 어렵게 논문을 써야 하나요? 손해 보기 싫습니다. 남들처럼

쉬운 길로 가겠습니다. 저는 대학원 졸업만 하면 되니 큰 욕심 내지 않겠습니다.' 악화가 양화를 구축하며 관행이 원칙을 대신하게 된 씁쓸한 풍경이다. 이런 풍경을 지켜보고만 있을 수 없어 지난 10년간의 강의 내용을 책으로 엮었다. 논문의 가치를 실현하고자 하는 학생들에게 조금이나마 도움이 되기를 바란다.

이 책에서 활용한 사례 예시 중에는 현장 강의 중 조언을 구해 온 학생들에게 내가 직접 피드백을 해준 글들이 있다. 피드백의 대상이 된 글들은 대부분 연구계획 단계에서 쓰인 초고였다. 엉성한 것이 당연하다. 지금은 모두 어엿한 학위논문으로 제출되었을 것으로 믿는다. 수강생들과 피드백을 주고받으며 내가 느끼고 깨우친 것들이 많다. 이 책은 그분들의 도움으로 완성될 수 있었다. 깊이 감사드린다.

2016년 1월
김기란

서론

논문의 윤리와
논문 글쓰기 전략

논문의 가치와 지식인의 역할

우리는 공무원의 활동과 행위에 윤리적으로 엄격한 기준을 적용한다. 그들의 활동과 행위를 사회 공동체의 공적 관계 안에서 이해하기 때문이다. 하지만 논문에 대해서는 개인적 글쓰기 작업 정도로 인식하는 경우가 많다. 학술논문에 한정하더라도 논문은 개인적인 동기에서 시작될 수 있지만, 논문 글쓰기를 통해 구성된 지식은 사회 공동체에서 공유되어야 할 공공재이다. 그렇기 때문에 학술논문은 지식 공론장에 공개되어 검증받는 절차를 밟게 되고, 논문을 쓰는 사람이라면 누구라도 그 과정을 피할 수 없다.

학술논문의 생산성과 효용성에 대한 의심과 불신이 끊이지 않지만 학술논문이 여전히 제도권의 대표적인 지식 생산물로서 지적 욕망의 대상이 되고 있는 사정은, 학술논문이 개인의 성취에 앞서 '공공의 지식'이라는 암묵적 함의 속에서 보호받고 존중받아온 학문의 역사와 무관하지 않다. 말하자면 학술논문의 의미는 공공성을 담보하지 못할 때 주장되기 어렵다. 학술논문은 공적으로 공유되어야 할 지적 생산물이지만, 그것을 구성하는 과정은 대개 연구실 안에서 일어나는 개인적인 활동에 치우치기 때문에 논문을 작성할 때는 그 무엇보다도 논문 집필자 스스로의 반성과 성찰이 중요하다.

이런 점에서 학술논문은 본질적으로 성찰적이고 나아가 윤리적이다. 학술논문은 성찰적 속성을 유지하기 위해 오랜 기간 공들여 고안한 장치를 학술 공동체의 약속으로 수용한 규정과 형식으로 구성된다. 논문을 처음 쓰는 사람들이 가장 먼저 이해해야 할 점은 논문이라는 글쓰기 기술(테크닉)이 아니라, 바로 성찰과 윤리라는 논문의 본질적 특성이다. 이 점이 논문을 준비하는 과정에서 충분히 숙고되지 않는다면, 논문의 생산성과 효용성을 판단하기 어려울 뿐 아니라 논문의 가치와 지식인의 역할도 주장하기 어렵다.

사회 공동체의 공공재로서 지식은 기존의 지식을 바탕으로 새로운 지식을 창출하는 과정이 소통되면서 발전한다. 기존의 지식을 바탕으로 새로운 지식을 구성하고 그것을 논리적으로 전달하기 위한 글이 바로 학술논문이다. 따라서 학술논문은 기본적으로 읽기를 통한 쓰기 활동으로 이루어지며, 성격상 주장을 논리적으로 설득하는 글이고, 그 목적은 학술의 장(場)에서 지식을 구성하고 소통하는 것이다. 그런데 학술논문은 단순히 지식을 담은 글이 아니라 그 자체가 지식을 '구성'하는 과정을 담고 있기 때문에 학술논문에 담긴 지식과 글쓰기를 분리할 수 없다. 학술논문을 준비하는 과정에서 무엇을 내용으로 할 것인가와 함께 어떻게 쓸 것인가를 고려해야 하는 것은 이 때문이다.

학위가 한 개인을 치장하는 액세서리처럼 소비되는 현실에서 학술논문이 개인의 치적 쌓기나 성공을 위한 포장으로 전락할 때 그 본질은 왜곡되거나 조작될 수밖에 없다. 학술논문을 실적을 과시하기 위한 수단으로 이해하는 경우 표현만 다른 중복 연구, 내용 쪼개기, 자기 표절 등의 유혹도 생겨난다. 논문작성법에 대한 책들 중에는 논문을 단순히 글쓰기 방법이나 기술(테크닉)로 접근하는 경우가 있다. 간혹 '쉽게 쓰는 논문' 등의 매혹적인 제목을 내세우기도 한다. **논문을 쉽게 쓸 수 있는 특별한 방법은 없다. 하지만 화려한 필력이 없어도 그 장르적 본질과 특성을 익히면 성취할 수 있는 것이 학술논문이기도 하다.** 논문은 문학처럼 천재적인 재능이나 천부적인 감각을 요구하는 글이 아니기 때문이다.

대학원에 진학해 연구자가 되지 않더라도 대학 과정에서는 기본적으로 학술논문의 바탕이 되는 논리적 글쓰기를 반복적으로 연습하게 된다. 학생들은 고교 과정에서 실제로 이렇다 할 논리적 글쓰기 교육을 받지 못했다 하더라도 대학에 진학하는 그 순간부터 학술적 성격의 논리적 글쓰기를 수행해야 한다. 고교 과정의 국어 교과에서는 이해를 위한 읽기(독해) 과정을 연습한다면, 대학의 글쓰기 강좌에서는 읽은 텍스트의 이해를 바탕으로 분석하고 비판하며 자신의 생각을 논리적으로 구성해나가는 과정을 강좌별 보고서 쓰기를 통해 연습하게 된다. 그리고 그 과정을 반영한 일정한 형식의 글이 바로 논문이다.

그렇다면 대학입학 자격시험을 통과해 대학에 진학한 사람은 누구나 논리적인 글을 쓸 수 있을까? 많은 대학생이 논리적 글쓰기를 낯설어하고 힘들어한다. 논리적 글쓰기의 바탕이 되는 '읽기를 통한 쓰기' 활동에 대해서도 명확하게 이해하지 못할 뿐 아니라, '논리적'인 것의 내용을 스스로 판단하지도 못한다. 글쓰기와 논리를 별개의 것으로 생각하는 경우도 있다.

대학에 갓 입학한 신입생 동룡의 사례를 통해 구체적으로 살펴보자.

대학에 입학한 동룡은 교양필수 과목으로 〈글쓰기〉 강좌를 수강하게 되었다. 동룡은 대학의 글쓰기 강좌가 고등학교 시절의 국어 수업과 비슷할 것이라고 생각했다. 그래서 〈글쓰기〉 강좌가 대학의 교양필수 강좌인 이유, 공대생인 자신도 필수로 이수해야 하는 강좌인 이유를 떠올리기가 쉽지 않았다. 국어 과목은 초·중·고교 시절에 신물 나게 공부했는데, 대학에서 글쓰기 강좌를 또 들어야 한다는 것을 납득하기 어려웠다. 대학에 입학한 만큼 대학생다운 새로운 지식이나 강좌를 듣고 싶은 욕심이 컸다. 〈골프〉나 〈수영〉, 〈심리학의 이해〉, 〈영화의 이해〉나 〈유럽문화의 이해〉 같은 강좌에 마음이 끌렸다. 〈글쓰기〉 강좌는 그야말로 '교양스럽게' 고전 텍스트를 읽고 내 감상을 말해보는 정도의 강의가 아닐까 혼자 생각해보았다.

그런데 〈글쓰기〉 강좌에서 주어진 첫 과제가 국어 과목의 내용

이해나 작문 강좌의 감상 표현하기와는 다르다는 사실을 알고 동룡은 당황했다. 첫 번째 글쓰기 과제는 자신의 생각을 자유롭게 발산하거나 자신의 주장을 단정적으로 내세우는 것만으로는 작성될 수 없는 과제였다. 일단 강사는 글 작성을 위한 조건을 여러 가지 제시했고, 대단히 구체적인 특정 화젯거리를 선정했으며, 그것과 관련된 긴 참고목록을 제시한 후 인용할 것을 요구했다. 글쓰기 과제에 대한 여러 가지 조건이 학점 부여자의 권한으로 주어짐으로써, 마음대로 쓸 수 있는 내용은 줄어들고 반드시 써야 하는 내용은 늘어났으며, 선택할 수 있는 내용은 제한되었다. 강사가 부여한 주제와 참고목록의 내용을 어떻게 연결시켜야 할지 알 수 없어 동룡은 막막했다.

하지만 동룡은 과제를 시작할 수밖에 없었다. 과제 제출 시한이 다가오고 있었기 때문이다. 글쓰기 과제로 주어진 화제는 '한국 사회의 성적 차별'이었다. 이에 대한 자신의 주장을 구체적인 주제로 구성하여 논증하는 2000자 분량으로 내주(본문 안에 괄호로 삽입하는 주석)가 달린 글을 쓰는 것이 과제였다. 동룡으로서는 생각해본 적도, 경험해본 적도 없는 내용이 화젯거리로 제시된 것이었다.

동룡은 먼저 화젯거리와 관련된 자료를 찾아보았다. 하지만 관련 자료를 찾는 것도 쉽지 않았다. 인터넷에서 찾을 수 있는 내용은 신문기사나 칼럼, 백과사전식 정보들이 대부분이었다. 무엇보다도 자신의 생각에 딱 맞게 부합하는 자료를 찾는 일이 쉽지 않았다. 동룡이 구성한 주제는 범위가 넓은 반면에 검색되는 자료 대부분은 구체화된 특정 내용을 담고 있었다. 찾은 자료 중 무슨 내용을 선택해야 할지도 알 수 없었다. 자료에 드러나는 주장을 찾아내는 일도 쉽지 않았고, 찾았다 해도 자료를 읽다 보면 모두 그럴듯하게 느껴져 어떤 주장을 수용해야 할지 알 수 없었다.

또 어떤 전문용어를 선택해서 어떻게 활용해야 할지도 가늠할 수 없었다. 거의 비슷한 내용의 단어라도 참고문헌의 자료들마다 다르게 표현한 경우가 많았고, 심지어 외국 개념어의 우리말 번역어가 일치하지 않는 경우도 있었다. 반대로 서로 다른 텍스트에서 사용된 동일한 표현의 개념들이 그것의 해석된 내용에서는 현저하게 차이가 나기도 했다.

가장 어려운 점은 참고한 자료에 담긴 주장에 자신의 의견을 어떻게 개입시켜야 할지 알 수 없다는 것이었다. 문득 텍스트의 내용을 이해하는 것과 핵심 내용만 요약해 다시 글로 표현하는 것은 별개의 것이라는 생각이 들었다. 객관적이고 엄격한 학술적 느낌의 문장을 완성하는 것도 쉽지 않았다. 가령 '나'라는 주어를 설정하면 글이 주관적인 감상문처럼 느껴졌다. 무릇 보고서 같은 학술적인 글은 객관적이어야 한다는데, 내 주장을 어떻게 기술해야 객관적인 느낌을 줄 수 있는지 알 수 없었다. 내 주장을 어떻게 논증할 것인지에 대해서는 생각조차 할 수 없었다. 논리적 증명의 의미가 무엇인지 오리무중에 빠졌다.

고등학교 시절 동룡에게 읽은 내용을 이해한다는 것은 오지 선다 문제의 정답을 맞춘다는 것을 의미했다. 동룡은 고교 시절에 읽은 텍스트의 내용을 스스로 글로 요약해본 경험이 거의 없다는 사실을 새삼 떠올렸다. 결국 동룡은 참고문헌의 많은 내용을 그대로 옮겨 적을 수밖에 없었다. 보고서 본문에 표시해야 할 인용의 형식이 간단한 것은 다행이었지만, 참고문헌을 규정된 형식에 따라 정리하는 것은 큰 고역이었다. 하지만 정확하게 정리해놓지 않아 다시 확인해야 하는 인용 쪽수는 은근슬쩍 넘어갈 수밖에 없었다. 미세한 문장부호들을 정확하게 표기하는 것도 쉽지 않았다.

　우여곡절 끝에 과제 보고서를 작성했지만 동룡은 자신이 쓴 보고서가 전혀 학술적인 느낌을 주지 못한다는 것을 알고 있었다. 억지로 만들어낸 주장과 그것을 뒷받침하기 위해 끌어 온 이해 못 한 참고 자료들 사이의 간극은 동룡에게도 분명히 보였다. 결국 동룡은 참고 자료의 내용과 표현을 흉내 낼 수밖에 없었다. 그렇게 완성한 보고서는 인용한 참고문헌의 내용 및 표현과 너무 많이 유사했고 그 점이 마음에 걸렸지만 어쩔 도리가 없었다. 제출에 앞서 강의실에서 보고서를 발표했을 때, 동룡이 참고문헌 자료들의 내용과 표현을 그대로 가져와 옮겨 적었을 뿐이라는 사실을 알아채는 사람은 거의 없었다. 동룡은 안도했다. 동룡은 대학의 보고서는 중고등학교에서 배운 국어 지식만으로는 완성되지 않는다는 것을 깨달았지만, 또다시 보고서가 주어질 때 그것을 어떻게 작성해야 할지는 여전히 알 수 없었다.

　동룡이 겪은 혹독한 첫 보고서 작성 과정은 시간이 흘러 동룡이 대학원에 진학하고 학위논문을 쓰게 될 때 다시 반복될 가능성이 높다. 동룡은 학술논문의 간략 형태인 대학 보고서의 장르적 속성과 특성을 알지 못한 채 보고서를 작성했다. 대학 보고서 쓰기에 응집된 '읽기를 통한 쓰기'를 연습해야만 학술논문을 작성하기 위한 기초 체력이 만들어진다. 구체적으로 텍스트를 읽고 논점 찾기, 핵심 내용 요약하기, 화제를 주제로 변환하고 구체화하기, 인용된 글의 논점과 구분되는 자신의 논점 구성하기, 인용된 글의 출처를 밝히는 주석 달기 등을 연습해야 하는 것이다.

　동룡은 이런 것들을 충분히 학습하지 못한 상태에서 보고서를 작성했고, 그 과정에서 인용한 자료를 '그대로 옮겨 붙이는' 의도하지 않은 표절에도 노출되었다. 표절은 흔히 잘못 이해되는 것처럼 인용된 부분에 주석을 성실히 표기했다고 해서 피해갈 수 있는 사안이 아니다. 표절 여부는 주석의 규정된 형식, 인용된 분량, 표현의 유사성, 나아가 내용과 아이디어 차원의 유사성을 통해 판단된다.

　동룡이 안도한 상황처럼 아무도 알아차리지 못한다 해도 스스로 표절을 삼가고 자신의 글의 내용을 성찰하는 것이 논문 글쓰기의 윤리적 핵심이자 지식인으로서 지녀야 할 인문학적 정신이다.

우리 시대는 많은 정보를 머리에 저장하는 단순 인지 능력보다 스스로의 지식을 비판적으로 성찰하는 메타-인지적 능력을 지식인의 능력으로 요구한다. 보고서 혹은 논문이라는 글쓰기 형식을 빌려 우리는 우리의 생각을 객관적으로 판단해볼 수 있다. 대학의 수업이 대부분 논리적 글쓰기로서 보고서라는 결과물을 요구하며 끊임없이 보고서 쓰기를 연습하게 하는 것도 그 때문이다. 마찬가지로 좋은 논문을 쓰기 위해서는 논문이 지닌 이러한 윤리적이고 성찰적인 속성을 우선 이해해야만 한다.

인문학 정신을 수행하는
성찰의 글쓰기

글의 수준은 생각의 수준을 보여준다. 글의 구조는 생각의 구조이다. 자신의 생각이 명확하게 표현되지 못하는 이유는 생각이 명확하게 이해되어 정리되지 못했기 때문이다. 글을 명확하게 표현하는 과정을 통해 생각이 명확하게 정리되고 구성될 수 있다. 누구나 경험한 바 있겠지만, 글을 쓰는 과정에서 생각은 흔들리고 뜻밖의 방향으로 흘러가기도 한다. 종종 글과 생각이 엉키고 충돌하기도 한다. 생각한 것을 정확하게 글로 옮겨내는 능력은 많은 훈련과 연습을 필요로 한다. 오죽하면 독일의 극작가 고트홀트 에프라임 레싱(Gotthold Ephraim Lessing)은 머리의 생각이 펜까지 이르는 길은 너무도 멀다고 한탄했을까. 그러니 생각한 것을 정확하게 글로 옮겨내기 위해서는 많은 훈련과 연습이 필요하다.

다행히도 논문은 주관적이고 비논리적으로 흘러가는 글의 내용을 객관적이고 논리적으로 정돈해주는 최소한의 안전장치를 일정한 형식으로 내장하고 있다. 무릇 글이란 표현이 아니라 생각, 형식이 아니라 내용이 중요하다고 주장하기도 한다. 생각을 글로 담아내는데 왜 일정한 형식에 맞춰서 작성해야 하는지 의문을 제기하기도 한다. 글의 형식을 단순히 내용을 담는 도구 정도로 이해하는 것이다. 내용이 훌륭하면 형식은 내용 속에 녹아

든다. 내용이 빈약할 때는 형식만이 두드러진다. 표현은 서툴지만 내용은 훌륭하다든가 형식 때문에 내용이 제대로 전개되지 못했다는 말은 최소한 논문 글쓰기에는 해당하지 않는다.

논문을 처음 쓸 때는 "왜 나와 상관없는 언어와 형식을 규칙으로 받아들여야 하는가?"라는 의문을 품게 된다. 하지만 논문의 전통적인 형식은 질문하고 사유하는 데 도움이 되기 위해 발전되어온 것이다. 또 논문의 언어와 형식은 연구 공동체의 공통 가치를 표현한 것으로, 논문의 언어와 형식을 구사한다는 것은 연구 공동체의 실천 방법을 내가 이해하고 있다는 것을 드러내는 것이다. 일단 연구 공동체의 표준 형식을 알게 되면 그들이 제기하는 질문에 더욱 효과적으로 대답할 수 있고, 연구 공동체 구성원들이 무엇을 왜 중요하게 여기는지를 이해할 수 있게 된다.[1]

논문의 형식은 그 자체로 내용을 논리적으로 구획하는 사유체계이자 생각의 방식을 반영한다. 하늘의 무수한 별 중 어떤 별들은 특정한 형태의 별자리를 이루듯, 무수한 정보가 특정 관점에 의해 선택되어 구성된 배열의 방식이 바로 논문의 구조이다. 그러므로 논문의 형식을 절대로 변하지 않는 진리인 양 교조적인 것으로 이해해서는 안 된다. 논문의 구조는 연구자의 주제에 따라 다양하게 설계된다. 절대적으로 고정된 논문의 구조란 존

---

1   W. 부스·조셉 윌리엄스·그레고리 콜럼, 『학술논문작성법(제3판)』, 양기석·신순옥 옮김, 나남출판, 2012, 47~48쪽.

재하지 않는다.

지식으로 구성되는 정보의 배열 형식은 사람마다 같을 수 없다. 생각하는 방식이 다르기 때문이다. 누군가는 귀납적 구조를 선호하고 누군가는 연역적 구조를 선호할 것이다. 통시적으로 배치할 수도 있고 공시적으로 배치할 수도 있다. 인과적으로 내용을 구성할 수도 있고 범주화하여 포함관계를 구조로 구성할 수도 있다. **구조를 구성하는 방식 자체가 곧 사유 방식이다.**

이런 맥락에서 논문은 경험이나 직관에 기대어 작성할 수 있는 글이 아니다. 논문은 오랜 기간 논리적 정합성을 장르 자체의 구성 요소로 구축해온 글이기 때문에, 논문을 쓰기 위해서는 준비 단계에서부터 치밀한 계획이 요구된다. 이러한 논문의 특징을 모르고 논문 쓰기를 시작하면 불필요한 시간을 소비하게 된다.

또한 논문은 '스스로 자립할 것을 요구'하는 글쓰기이다. 논문 집필자는 자신이 속한 분과 학문의 학술적인 문제와 씨름하고 그 해결책을 찾기 위해 고군분투한다. 이때 참조할 수 있는 것이 기존의 연구결과이고 또 지도교수와 선배들의 조언이다. 하지만 그들도 직접적인 해결책을 제시해주지는 않는다. 논문 주제와 그것의 과학적 논증은 자신의 선택이자 생각이기 때문에 논문의 지도란 주제의 전개가 논리적으로 정합한지, 학술의 장에서 소통 가능한 문제의식인지, 도움받은 자료가 신뢰할 만한 자료인지, 그 자료에서 인용한 내용이 한 번 더 생각해보아야 할 내용은 아닌지, 기존의 연구결과와 차이를 지니는 것인지를 함께 고민하고 조언하는 것에 한정된다.

논문을 작성하는 과정에서 지나치게 지도교수에게 의존하는 경우가 있다. 지도교수의 말 한마디에 일희일비하면서 전의를 상실하는 경우도 많다. 하지만 조언의 내용을 반영하되, 자신의 글을 성찰하며 논문의 주제를 전개하는 것은 오롯이 논문을 집필하는 사람의 몫이며 책임이다.

나아가 논문은 기존에 구축된 학술 정보와 지식을 바탕으로 **자신의 지식을 구성하는 글쓰기**이다. 이를 위해 학술 정보를 수집하고, 정보가 속한 맥락을 총체적으로 개관하며, 수집된 학술 정보를 평가하고 사실을 보고하고, 학술적 담론에 적합한 언어 (개념어)를 찾아내 그 내용과 표현에 대한 학술 공동체의 동의를 끌어낸다. 외국 이론에 의지하는 분과 학문일수록 '학술적 담론에 적합한 언어'를 찾아내는 것이 어렵다. '한국어로 학문하기' 모임이 있었을 만큼 한국어로 외국 이론의 내용을 정확하게 포섭하는 것은 쉬운 일이 아니다. 하지만 이를 핑계 삼아 동일한 내용의 개념을 사뭇 다른 어휘로 표현하거나 학술 개념어에 대한 지식 없이 학술어(개념어)를 일상 단어와 동일하게 인식하고 상식적 단어 의미로 이해하는 것은 곤란하다.

동일한 표현이라도 일상에서 사용되는 '단어'와 학술적으로 사용되는 '개념어'는 명백히 다른 것이다. 가령 일상에서 사용하는 단어 '본질'과 철학에서 사용되는 개념어 '본질'이 같을 수 없다. 따라서 자신의 연구의 차별성을 드러내기 위해 기존의 정립된 개념어를 다르게 표현하려는 경우 반드시 그 이유와 개념적 내용의 차이를 밝혀야 한다. 그 과정에서 개념어에 대한 내용이 축적되고 학술적 통용어로서의 가치를 인정받을 수 있다. 학문의 역사는 다른 한편 개념(어)의 역사일 수 있다.

글쓰기는 글쓰기를 통해서 배울 수 있다고들 말한다. 하지만 그것이 좋은 글의 단순한 모방을 의미하는 것은 아니다. 글쓰기가 오직 성찰적(반성적) 글쓰기일 경우에 한해서만, 글쓰기를 통해 글을 쓰는 방법을 터득할 수 있다. 그런 의미에서 논문은 기본적으로 윤리적이고 성찰인 글쓰기이다. 자신의 주장을 발산하는 데 집중하는 것이 아니라 기존의 다양한 관점과 생각, 조언을 읽고 수렴하여 스스로의 글쓰기를 성찰하고 반성해서 발전해나가는 글이기 때문이다.

이와 관련하여 내 논문에 인용한 글에 대해서는 존중을 바탕으로 먼저 작성된 글의 권리를 인정해주어야 한다. 인용한 글을 내 논문의 내용을 채워주는 평면적인 정보로 활용하는 것이 아니라, 나의 관점에서의 논리적 판단을 통해 인용된 글의 가치와 권리를 정당하게 평가해야 한다. 남의 글을 마음대로 사용할 수 있다는 생각은 성찰을 통한 읽기로서의 '인용'의 의미를 오해한 것이다. 실제 본문에서 많은 도움을 받은 글을 본문이 아닌 참고문헌에만 살짝 명기하는 것은 선학(先學)에 대한 올바른 태도가 아니다. **논문을 집필하는 사람의 자기 성찰과 윤리 의식이 논문의 존재에 가치를 부여한다. 그리고 그것이 바로 인문학의 정신이다.**

읽기를 통한 쓰기

서양에서는 17세기 학술 정기간행물이 생겨나면서 다른 학자들과 직접 접촉하지 않고도 지면을 통해 학술적 사유를 교환하는 일이 가능해졌다. 이후 서양의 대학에서는 세미나와 논문을 통해 담론의 생산과 순환의 방식을 배울 수 있게 되었다. 특히 다른 사람의 논문을 읽고 비판적으로 평가하며 자신의 논점을 창의적으로 표현하는 세미나 방식의 수업은 19세기 독일 베를린의 훔볼트 대학의 개혁으로 가능해졌다고 한다. 세미나식 수업이 다른 방식의 학습보다 학술적이고 비판적인 사고 형성에 한층 지속적인 영향을 미친다는 사실이 밝혀지자 세미나 수업은 점차 대학의 주도적인 수업 형태로 자리 잡았다.

세미나 수업에 참여한 학생들은 연구법도 함께 배워야 했다. 그들은 전공 학술 서적을 숙독하는 동시에 창의적인 텍스트를 구성하기 위한 토대를 다져야 했다. 말하자면 학술 텍스트 읽기를 통해 나의 학술 텍스트를 쓰는 방식, 곧 학술 연구와 글쓰기가 연동된 학습 방식은 중세 이후, 말로 이루어졌던 공개적인 학술 논쟁을 대체하며 근대 대학의 학습과 연구 방식으로 수용되었던 것이다.

학술 정기간행물을 통해 담론 교환이 가능해지자 이미 존재하는 기존 지식을 새로운 학술 텍스트로 압축하고 논리적으로 촘촘히 연결하는 일이 중요해지기 시작했다. 기존 지식을 그물

망처럼 연결하다 보니 인용의 규칙과 주석의 체계가 필요했다. 유럽 대학의 초기 세미나 수업은 우수 학생들을 위한 일종의 엘리트 수업이었지만, 이후 세미나 수업이 모든 학생을 위한 정규 수업이 되자 모든 대학생은 논리와 연구법을 배워야 했다. 그리하여 오늘날까지 대학의 글쓰기란 위에서 설명한 것처럼 읽기를 통한 쓰기, 논리와 연구법이 연동된 글쓰기를 학습하고 자기화하는 것으로 발전해왔다.[2] 대학의 글쓰기란 지식을 언어로 옮겨놓는 작업을 말하며, 그것의 총화(總和)가 바로 학술논문이다. 읽기 활동만 두드러지는 학술논문은 논점이나 독창성이 결여된 글이 되기 싫고, 쓰기 활동만 있는 학술논문은 독단적이며 논증이 부족한 폐쇄적인 글이 되기 쉽다.

　오늘날 대학에서 '논리적' 글쓰기를 도입하는 이유는 논리적 글쓰기가 총체적으로 얻은 지식을 촘촘하게 연결해서 기술하는 글쓰기이기 때문이다. 논리적 글쓰기를 통해 분과 학문의 전문 지식을 구축하는 작업과 씨름하고 동시에 거기에서 발생하는 문제를 해결할 수 있는 문제 해결 능력을 연마할 수 있다. 논리적 글쓰기로 부여된 대학의 보고서 과제는 앞에서 사례로 든 동룡의 경우처럼 남이 정리해놓은 정보만으로는 해결할 수 없다. 자신의 관점을 통해 기존의 정보를 비판적으로 분석하고, 그에 따

2　　오토 크루제, 『공포를 날려버리는 학술적 글쓰기 방법』, 김종영 옮김, 커뮤니케이션북스, 2009, 6~7쪽.

른 문제점을 논리적으로 설득하고 해결하는 과정이 논리적 글쓰기에 본질적으로 배태되어 있기 때문이다. 자신의 관점(생각)이 주체적으로 정립되지 않는다면 수집한 정보를 처리할 수 없고, 정보를 논리적으로 분석하지 않으면 문제해결의 방향을 제시할 수도 설득할 수도 없다. 그리고 이런 과정을 연습할 수 있는 가장 효율적인 도구가 논리적 글쓰기이다. 그러니 논리적 글쓰기는 독자적이고 비판적인 사고를 위한 훈련이 된다. 다음의 조언에 주목해보자.

많은 사람들이 텍스트를 제출하는 데 문제를 갖고 있기에 텍스트를 계속해서 완전하게 만들려고 한다. 글쓰기를 배운다는 것은 이와는 완전히 반대로 자신의 약점과 결점을 제거할 수 있도록 하기 위하여 자신의 약점과 결점을 공개적으로 다루는 것을 의미한다. 따라서 약점을 은폐하는 대신에 (그것에 대해) 묻는 법을 배워야 하며 그에 따라 논리적으로 쓰는 법을 배워야 한다.[3]

일전에 세계 무대에서 활약하는 20대 초반의 남성 모델을 인터뷰한 기사를 읽은 적이 있다. 내가 그 인터뷰 기사를 읽게 된 이유는 인터뷰 기사의 도발적인 제목 때문이었다. 대강 기억을 더듬어보자면 '사는 게 가장 쉬웠어요' 정도였는데, 현실 속 20대

---

3   오토 크루제, 위의 책, 18쪽.

청년에게서는 쉽게 기대할 수 없는 내용이었기에 내 관심을 끌었다. 인터뷰를 한 기자 역시 사는 게 너무나 쉽다는 20대 청년 모델의 당돌한 말에 딴지를 걸었다. 어떻게 삶이 쉬울 수 있냐고. 놀랍게도 그는 "취미가 논리적으로 생각하는 것"이기 때문에 그런 삶이 가능하다고 답했다. 얘기인즉슨 그의 취미는 논리적으로 생각하는 것인데, 어떤 어려운 문제에 봉착했을 때 문제를 논리적으로 분석하게 되면 반드시 적절한 해결 방법을 찾을 수 있더라는 것이다. 그러니 논리적으로 생각하는 자신에게는 해결하지 못할 어려운 일이란 없고, 사는 일이 그다지 어렵지 않다는 답이었다.

흔히 논리적 글쓰기를 이야기하면 강의를 듣는 학생들은 자신의 삶과는 상관없는 철학자들의 일인 양 손사래를 친다. 스펙이라는 주술에 걸린 학생들에게는 오히려 비현실적인 말처럼 들리겠지만, 논리적 사고의 훈련은 삶 전체를 바꾸어놓을 수도 있다. 게다가 생각하는 방식으로서의 논리를 눈앞에 꺼내볼 수 있는 저비용·고효율의 방법으로는 '글쓰기'가 거의 유일하다.

완벽한 논문이란 존재하지 않는다. 논문에서 제기된 문제는 학술적 공론장에서 공유되는 가운데 보완되며 완전성을 지향해 나아간다. 논문은 완결된 성취로 머물 수 없다. 따라서 자신의 관점을 고집하기보다 겸허하게 여러 사람들의 주장을 수렴하고, 자신의 관점과 글쓰기 방식을 스스로 반성하고 성찰하는 열린 글이어야 한다. 논문이 기본적으로 자기 성찰의 글쓰기이며 동시에 윤리적인 태도를 반영해야 하는 것도 이 때문이다.

    이 책은 스스로가 성찰하는 글쓰기 과정을 통해 논문의 형식과 장르적 특징을 익힐 수 있도록 도와줄 것이다.

1장

논문이란
어떤 글쓰기인가

논문이라는 글쓰기 장르

이 세상에는 다양한 글쓰기 장르(genre)가 존재한다. 흔히 장르라고 하면 문학 장르인 시, 소설, 희곡, 수필 등을 떠올리지만 문학이 아닌 비(非)문학의 글에도 장르 개념을 적용할 수 있다. 프랑스의 철학자 자크 데리다(Jacques Derrida)는 「장르의 법칙」이라는 글에서 장르를 다음과 같이 설명했다. "'장르'라는 단어가 발음되자마자, 그 소리가 들리자마자, 우리가 그것을 인식하려 하자마자, 경계가 끌려나온다. 그리고 경계가 설정되면 규범과 금지가 그리 멀리 있지 않다. …… 모든 텍스트에는 하나 혹은 그 이상의 장르가 존재하며 장르가 없는 텍스트는 존재하지 않는다. 항상 장르는 존재하지만 장르를 구성하는 것들의 합이 장르로 귀속되는 일은 절대 없다."[4]

한 편의 글에는 여러 장르적 속성이 혼합될 수 있고, 한 편의 글을 특정 장르로 소환하는 일은 쉽지 않다는 말이다. 데리다의 지적처럼 장르적 속성을 합하여 글의 장르를 확정할 수는 없겠

---

4   Anis S. Bawarshi and Mary Jo Reiff, *Genre-An Introduction to History, Theory, Research, and Pedagogy*, Indiana: Parlor Press, 2010, p. 21.

지만, 특정 글쓰기로 이해되기 위해 요구되는 장르적 속성들을 확인해볼 수는 있다.

논문 역시 일정한 장르적 속성을 지닌다. 논문으로 수용되기 위해 요구되는 일정한 형식 요건도 있다. 우선 논문은 질문하고 그에 대한 답을 구하는 과정을 담고 있는 글이다. 질문에 대한 답을 구하는 과정은 논리적이고 객관적인 설득력을 지녀야 한다. 논문은 화제를 대상화하여 화제에 대한 단편적 정보를 설명하는 글이 아니라, **주장 혹은 논점이 담긴 주제를 객관적이고 논리적으로 증명하는 글**이다. 객관적 논리를 통해 대화를 나누는 논증은 공정하고 평등하며 민주적인 소통 방식이다. '논리적'이기 위해서는 논증의 기본적인 원칙들이 준수되어야 한다. 주장이나 논점에 대한 근거가 심정적 설득이나 강압적 단정, 주관적 해석에 머문다면 논증의 성격은 약해진다.

그렇지만 논문은 수학의 기본 계산법처럼 논리적인 형식화에 한정되는 활동이 아니라 열려 있는 창의적인 활동이다. 주장과 논거로 짜인 논증을 통해 교환된 논문의 결과는 해당 분과 학문의 사유와 연구로 통합되고, 논문 진행의 논리적 과정은 그 자체가 곧 논리적 문제 해결 방식이 된다. 논리적이고 객관적인 설득력을 담보하는 재료들은 분과 학문에 따라 조금씩 다르다. 대개 권위 있는 글의 인용(인문 계열), 과학적이고 객관적 방법으로 수집된 실험 데이터(이공 계열), 신뢰할 수 있는 통계 자료(사회 계열) 등이 논리적 근거(논거)로 활용되지만, 이것들을 고정된 것으로 이해할 필요는 없다.

　논문의 이러한 장르적 속성을 나의 논문에 구축하기 위해서는 무엇보다도 분과 학술 공동체에 축적된 '논리적이고 객관적'인 내용을 확인하는 것이 필요하다. 처음 논문을 쓰는 사람들은 자신이 속해 있는 분과의 학술 공동체에 축적된 지식과 그 지식이 소통되는 맥락과 규정을 모르고 추측에 의존하는 경우가 많다. 분과 학문의 전문 지식을 구성하는 데에는 동의된 전제와 사유 방법, 그것을 기술하는 방식이 요구되는데, 이것들을 정확히 이해한 후에야 논문 쓰기는 시작될 수 있다.

　따라서 단순한 작문 실력만으로는 부족한 글이 바로 논문이다. 반대로 작문 실력이 부족해도 써볼 수 있는 글이 논문이다. 논문을 집필하는 사람은 선행 연구에서 사용된 소통상의 맥락과 규율상의 맥락을 통해 학술 공동체의 구성원으로서 자신의 정체성을 드러내야 한다. 그러므로 논문의 창의성(독창성)은 나의 생각을 '발산'하는 것이 아니라 선행 연구의 논의들을 '수렴'하고 종합하며 한발 나아가는 데에서 찾을 수 있다. 여기에 전통적으로 논증을 유지하기 위해 준수해온 규정과 형식 들을 반영하면 논문은 구성될 수 있다.

　논문 쓰기는 논문을 준비하는 나에게 흥미로운 것에서 우선 시작된다. 논문을 작성하는 나에게 흥미롭지 않은 내용이라면 논문 글쓰기에 매진하는 최소 1년 이상의 과정이 순탄할 리 없다. 하지만 논문이 나의 흥미나 취향, 도전에만 머문다면 논문으로서의 가치와 생산성은 축소된다. 논문이 한 사회 공동체의 공공재로서 사회 공동체에서 공유되어야 마땅한 지식을 구성하고 소통시키는 역할을 한다는 점을 생각하면, 논문의 내용은 한 개인의 취향이나 관심에만 머물 수 없다. 논문에서 다른 사람들이 해결할 가치가 있다고 생각하는 문제를 찾아내지 못한다면, "나는 동의하지 않는다"가 아니라, "나는 신경 쓰지 않는다(관심이 없다)"라는 연구자에게는 최악임이 분명한 반응을 얻게 될 뿐이다.[5]

종합해서 정리하면, 논문이란 논문을 준비하는 나에게도 흥미롭고, 논문이 속하게 될 분과 학술 공동체에게도 흥미로운 문제를 제기한 후, 그 해결 과정을 객관적이고 논리적으로 제시하여 답을 구하거나 지식에 대한 이해를 확장하는 글을 말한다. 논문 구성의 요건을 요약하면 다음과 같다.

● **논문 구성의 요건**

   1) 유의미한 문제제기(주제) ― **독창성**

   2) 과학적이고 논리적인 문제 해결 과정(논증 과정) ― **타당성**

   3) 체계적 구성(형식) ― **객관성**

   4) 간결하고 정확한 표현(표현) ― **정확성**

   5) 학문의 장에서의 소통(전달력) ― **소통 가능성**

   6) 성찰적 인용(주석) ― **윤리성**

---

5   W. 부스·조셉 윌리엄스·그레고리 콜럼, 앞의 책, 106쪽.

주제와 화제,
논증과 설명의 차이

논문의 계획 단계에서부터 '화제'와 '주제', '설명'과 '논증', '대상화'와 '문제화'의 차이를 정확히 인지하고 구분해야 한다. 논문은 화젯거리를 대상화하여 설명하는 글이 아니라 문제화된 주제를 논증하는 글이다. 이러한 논문의 속성을 명확히 인지하지 않으면 연구실에서 매일 책을 읽고 연신 노트북 자판을 두드리는데도 논문이 완성되지 않는 상황에 처할 수 있다.

우선 논문은 화제가 아니라 '주제'를 통해 구성될 수 있다. 논문은 주장 혹은 논점을 논증하는 글이기 때문이다. 화제는 대상 A에 대한 정보나 설명에 한정된다. 따라서 화제로 구성된 글은 대상 A에 대한 정보로 채워진 설명문이 된다. 반면 주제는 대상 A에 대한 글쓴이의 주장, 논점, 관점, 입장인 B가 있는 글이다. 따라서 주제를 통해 구성된 글은 주장이나 논점이 있는 논(설)문이 된다. 논문의 주제는 대상 A에 대한 어떤 내용을 선택해, 어떤 관점으로, 어떻게 증명할 것인가가 머릿속 생각이 아닌 글로써 표현될 때 비로소 드러난다. 곧 논문을 구성하는 3대 요소라 할 수 있는 연구대상, 연구목적, 연구방법이 따로따로가 아니라 함께 종합적으로 고려되어야만 주제를 확정할 수 있다.

자신이 쓰고 싶은 논문의 내용을 아래의 공식에 맞춰 정리했을 때 B 부분의 내용이 제대로 채워지지 않는다면 아직은 논문의 주제를 구성한 것이 아니다. 가령 「이광수에 대한 연구」라는 제목의 논문을 떠올려보자. 이 논문은 이광수라는 연구대상만을 명시하고 있어서 구체적인 연구목적, 즉 이광수에 대한 어떤 내용을 주장으로 담고 있는지를 알 수 없다. 이광수라는 연구대상은 다양하게 한정되고 접근될 수 있음에도 그러한 접근에 해당하는 B 부분이 명시되어 있지 않기 때문이다. 이처럼 주제를 한정하지 않고 연구목적이 분명하지 않은 상태에서 일단 논문을 시작하면, 이광수에 대한 불특정한 내용을 공부하고 확인하고 정리하느라 불필요한 시간을 보내게 된다. 자칫 이광수라는 연구대상에 대한 기존의 설명을 정리, 진술하면서 많은 내용을 쓴 것처럼 스스로를 위로하지만 실상 논문으로 구성되지는 않는 것이다.

그러니 기존의 정보 내용에 대한 검토와 선택이 이루어진 뒤에는 과감히 읽던 책들을 치우고 자기화하는 과정, 곧 **생각하며 쓰기**를 시작해야 한다. 무엇에 대해 어떤 관점의 주장을 서술할 것인지 아래의 공식에 맞춰 글로 계속 써나가면서 화제를 주제로 한정하고 구체화시켜야 한다. 이를 위해 주제를 고민하는 단계에서부터 항상 낙서하듯 머릿속 생각을 메모하는 습관을 의식적으로 지니는 것이 좋다. 선택한 주제에 대한 고민이 깊어질수록, 주제를 찾는 과정이 길어질수록 애초에 쓰고자 했던 문제의식이 무엇이었는지 잊어버리는 일도 생겨난다. 이런 경우에도 주제를 찾는 과정을 담고 있는 메모가 도움이 될 것이다.

● 주제와 화제의 차이

	화제	주제
내용 구성 요소	A(대상)	A(대상)의 B(주장, 논점, 관점, 입장)
글의 내용	대상 A에 대한 정보	대상 A에 대한 주장, 논점, 관점, 입장
글의 형식	설명문	논(설)문

가령 「청소년 상담자의 치료 요인에 관한 연구의 동향과 과제」라는 제목(주제)에 담긴 문제의식은 현재까지의 연구 동향에 대한 반성이다. 연구 동향에 대한 반성을 통해 성취해야 할 과제를 생각해보겠다는 관점을 추론할 수 있지만, 위의 도식에 적용해보면 문제의식 속 주제의 구체적 내용은 제목에서 잘 드러나지 않았다. 이런 경우 의도했던 주제는 연구 동향의 한계를 검토해 그에 따른 과제를 제시하는 것이었음에도 불구하고, 자칫 연구 동향을 설명하는 데 집중하는 '대상화'의 덫에 빠질 수 있다. 주제를 구체적으로 한정하여 한정된 내용을 집중적으로 구조화할 수 있는 계획을 세우는 것이 논문을 쓸 때 연구대상을 문제화하는 데 효과적이다.

논문을 준비하는 후배에게 논문 주제는 정했냐고 물어보면 "A에 대해 쓰려고요"라며 논문의 주제를 정한 것처럼 말하는 경우가 왕왕 있다. 하지만 대상 A를 정했다는 것이 곧 주제를 정한 것은 아니다. 냉정하게 말해서 연구대상을 정한 것은 논문의 준비 단계에조차 포함되지 않는다. 주제를 확정하는 일이 녹록하지 않다 보니 간혹 연구대상만 정해놓고 논문을 시작하고 보자는 경우가 많다. 일단 시작해서 계속 쓰다 보면 논문이 구성될 것이라고 안일하게 생각하는 것이다. 이는 상당히 비효율적인 태도인데, 대개 출발은 빠르지만 완성은 매우 늦어지는 경우로 귀결되곤 한다.

지식과 정보,
문제화와 대상화의 차이

논문이란 어떤 장르적 성격을 지닌 글인가를 우회적으로 보여주는 칼럼 속 일화 한 편을 소개해볼까 한다.

한국에서 대학원 석사과정을 마치고 미국 대학으로 유학을 떠난 어떤 선배가 미국 대학의 첫 세미나 시간에 겪은 일이다. 미국 유명 대학에 입학하여 맞이하게 된 첫 세미나 시간, 설레는 마음으로 맨 앞자리에 자리를 잡은 선배는 책으로만 접했던 세계적인 석학 교수의 강의를 기다리고 있었다. 주변을 둘러보니 앳된 얼굴의 20대 외국인 스무 명 남짓이 강의실에 앉아 있었다. 이윽고 강의실에 들어온 교수님은 강의실을 한 번 둘러본 후 말문을 열었다.

"여기 앉아 있는 학생 중 갈릴레오 갈릴레이에 대해 아는 사람 손들어보세요."

선배는 잠깐 코웃음을 쳤다. 이학 전공 대학원생 중에 유명한 과학자 갈릴레오 갈릴레이를 모르는 사람이 어디에 있겠는가. 선배는 호기롭게 손을 들었다. 그런데 예상과 달리 강의실 안의 외국 학생들 중에서 손을 든 사람은 그리 많지 않았다. 어깨를 으쓱하며 선배는 우쭐대는 심정이 되었다. '이것 봐라, 미국 대학원 수준도 별거 아니네.' 손을 든 학생들을 둘러보던 교수님은 선배 뒷자리에 앉은 한 학생을 지적했다.

"갈릴레오 갈릴레이를 안다고 손을 들었으니, 그 사람에 대해 설명해주겠어요?"

교수님의 선택을 받은 학생은 갈릴레이에 대해 이야기를 풀어나가기 시작했고, 그 학생의 설명은 장장 20분 가까이 지난 후에야 끝이 났다. 외국 학생의 설명을 들으며 선배는 자신이 들었던 손을 잘라버리고 싶을 정도로 부끄러웠다고 한다. 만약 자신이 선택받았다면 갈릴레이에 대해 얼마나 오랫동안 설명할 수 있었을까. 자신은 고작 갈릴레이에 대한 몇 개의 단편적인 정보를 평면적으로 나열하는 데 그치고 말았을 것이라는 점을 스스로 잘 알고 있었기 때문이다.

어떤 대상에 대해 안다는 것을 그 대상에 대한 파편적인 정보 몇 가지를 알고 있는 것과 동일하게 생각하는 경우가 많다. 하지만 지식으로서의 '앎'은 단순한 정보의 집적일 수 없다. 어떤 대상에 대해 알고 있는 것을 조리있게 설명하려면, 대상에 대한 단순한 이해에 앞서 이해한 정보를 나열하고 배치하는 기준이 필요하다. 가령 시간순 배열인 생애 연대기순으로 갈릴레이를 설명할 것인지, 과학자로서 갈릴레이의 업적을 평가하여 평가 내용의 중요도에 따라 정보를 배치할 것인지, 아니면 당대 세계관과 충돌했던 갈릴레이의 과학철학을 당대 철학자들과 대비시켜 제시할 것인지 등등 말하는 대상에 개입하는 시각과 관점이 요구되는 것이다. 그렇지 않으면 횡설수설 떠오르는 대로 말하게 될 것이고, 내용이 낱낱의 단일 정보로 흩어지는 것이다. 시각과 관점에 의해 정보를 구조화하는 것이 바로 지식의 구성이고, 그렇게 구성된 내용이 바로 '앎'이다.

나는 실제 이러한 상황을 한국 대학의 강의실에서 종종 연출한다. 동일한 질문을 학생들에게 던지고 손을 들게 하면, 눈치를 보며 쭈빗거리다가 학생 대부분이 조심스럽게 손을 든다. 혹은 자신들을 무시하냐는 듯 사나운 눈길을 던지는 학생도 있다. 하지만 손을 든 학생들을 지적해 갈릴레이에 대해 설명해보라고 하면, 그들의 설명은 대개 채 2분을 넘지 못한다.

"옛날에 살았던 과학자예요", "그래도 지구는 돈다는 말을 남겼어요", "종교재판에 회부됐어요", "어느 날씨 좋은 날 사과나무 아래서 낮잠을 자다가 떨어지는 사과를 머리에 맞고 중요한 발명을 했어요" 등등 학술적 개념이나 표현이라고는 찾아볼 수 없는 유치한 표현과 단순한 단답형 정보, 간략화된 예시 중심의 스토리텔링, 심지어 잘못된 정보 내용들을 학생들은 갈릴레이에 대한 설명으로 내놓는다. 설명하는 내용의 대부분은 놀랍게도 동일하지만 설명하는 방식은 일정한 기준과 관점이 없어, 말하는 내용은 단편적으로 흩어져버린다. 내용은 획일적이고 그 내용을 전달하는 형식은 제각각인 셈이다. 정작 내용은 다양하고 그것을 전하는 형식은 일정한 규칙이 있어야 전달 소통력이 높아지는데도 말이다. 학생들 대부분의 설명이 단순하고 획일적이며 산만하고 제대로 전달되지 않는다는 느낌을 받는 이유이다.

앞서 예화와 실례를 통해 대학에서 이루어지는 글쓰기, 나아가 논문이라는 글쓰기를 왜 학생들이 어려워하는지를 생각해보자. 내가 알고 있는 단편적 정보 내용들을 취사선택해 일정 분량 이상 스토리텔링을 하려면 선택된 정보 내용은 일정한 구조에 따라 조직되어야 한다. 자신의 생각을 투과해 자기화된 정보 내용이 아니면 선택과 배치가 이루어지지 않는다. 어디선가 누군가에게 전해 들은 정보 내용은 연결되지 않은 채 제각각 흩어져 버리기 쉽다.

정보 내용에 초점을 만들어주는 논점과 그것을 드러내는 구조가 바로 정보 내용을 자기 것으로 만드는 핵심이다. 예컨대 갈릴레이의 생애를 시간 순으로 설명할 수도 있고, 혹은 갈릴레이의 과학자로서의 주요 성취에 초점을 맞춰 설명할 수도 있다. 후자의 경우를 택한다 해도 구체적 예시를 통해 설명할 수도 있고, 동시대 다른 과학자들과의 비교를 통해 설명할 수도 있다. **이것이 바로 구성된 지식이다. 정보 내용을 선택하고 일정한 전략에 따라 효과적으로 배치하여 지식을 구성하는 구조는 사유의 방식이자 관점이다.** 그리고 이러한 지식의 구조를 반영하여 구성된 글이 바로 논문이다.

정보 내용의 임의적이고 자의적인 나열은 일정 시간 이상 누군가의 눈과 귀를 집중시킬 수 없으며 정보 내용의 단순한 설명은 지식이 될 수 없다. 정보와 지식의 쓰임은 같을 수 없음에도 불구하고 많은 경우에 '정보'와 '지식'은 구분되지 못한 채 단순 정보가 마치 지식인 양 통용된다. 정보를 검색하고 수집하여 모

아놓은 것을 마치 자신의 생각의 힘으로 구성된 지식인 양 자랑한다.

단편적 정보를 지식으로 착각하게 되면 정보의 수집을 지식인의 활동으로 착각하고 더 많은 정보를 수집하고 나열하는 작업에 집중하게 될 것이다. 지식 활동이 정보 수집력으로 오인될 때, 책의 독서가 아닌 네이버나 구글의 검색을 통해 익명의 면책된 불특정 다수가 정리하고 요약한 내용이 의심 없이 지식으로 수용된다. 이런 상황에서는 번거롭게 생각이 구조화된 지식이 담긴 책을 읽을 필요도 느끼지 못할 것이다. 모든 책이 단순 정보, 축자적 의미를 확인하는 백과사전 정도로 수용되는 것이다. 결국 빠른 성능의 스마트폰 구입에 열을 올리는 얼리 어답터가 되는 것이 훨씬 효율적인 일로 느껴질지도 모른다.

단편적 정보의 형태로 정리된 내용을 수용하는 일은 복잡하고 힘든 능동적인 두뇌 활동을 요구하지 않는다. 수집된 정보는 지식과 달리 언제든지 새로운 정보가 등장하면 대체될 수 있다. 하지만 지식은 수집된 정보를 판단하는 인식적 활동, 선택의 관점, 그런 관점을 설득할 수 있는 논리적 전략을 통해 구성된다. 동일한 정보도 서로 다른 지식으로 구성될 수 있으며, 정보가 다양하게 지식으로 매개될 때 정보 이상의 힘을 발휘할 수 있다. 스스로가 생각하고 판단하고 선택하는 '메타-인지적(meta-cognitive)' 활동 없이 지식은 구성되지 않는다. 지식으로 구조화된 글은 정보를 지식으로 구성한 한 사람의 인식 체계를 보여주는 복합적 세계와 다름없다.

학술논문은 명백히 '지식을 구성하는 메타-인지적' 작업의 결과물이다. 학술논문은 기존 연구물의 요약된 정보만으로는 구성될 수 없는 글이다. 기존 정보를 재구성하면 포괄적이고 넓은 주제를 선택할 확률이 높고, 논문으로 진행된다고 해도 너무 광범위하게 확대되어 끝없이 글을 쓸 뿐 결론이 나지 않을 수 있다. 또한 논문에는 대상에 대한 정보뿐 아니라 정보들을 통합하고 매개하는 문제적 시각이 필요하다. **정보를 단순히 대상화하는 것이 아니라 정보에 질문을 던지고 진리에 더욱 가까운 답을 구하려는 글, 곧 문제화된 주제가 담긴 글이 논문이다.**

● **지식을 구성하는 과학적 사고의 특징**

1) 지식에 대해 비판적 태도를 취한다.

2) 지식을 단순히 주장하는 것이 아니라 논증한다.

3) 구성된 지식을 신뢰할 수 있도록 명확하게 설명한다.

4) 지식이 유래된 출처를 논증 시 정확하게 표시한다.

5) 지식의 전제와 논거를 모두 비판적으로 평가한다.

6) 대안이 되는 사유 체계와 경쟁적 관계에 있는 지식을 함께 성찰한다.

7) 지식을 맥락 안에 체계적으로 위치시킨다.

논문의 본질은 윤리적 자기 성찰에 있다

논문의 윤리성이란 지식의 구성이라는 논문의 장르적 특성으로부터 태생적으로 내면화된다. 논문이 정보를 나열하는 것이 아니라 지식을 구성하는 것이고, 대상에 대한 정보를 설명하는 것이 아니라 대상에 대한 의문을 논증하는 것이라면, 논문의 윤리적 성격은 이미 전제된 것이다. 왜냐하면 이것은 곧 다른 사람이 정리해놓은 정보가 그대로 논문에 기술될 수 없다는 점이 전제된 것이고, 그것은 타인의 지식을 무단 복제하는 표절 가능성을 근원적으로 차단하고 있는 것이기 때문이다. 요컨대 **논문의 장르적 특성을 바르게 이해하고 그에 따라 논문 쓰기를 계획한다면 표절이란 애초에 가능하지 않다.**

단순히 논문의 분량을 의식해 자의적으로 정보를 인용하는 것은 논문의 성격을 약화시키면서 동시에 일정 분량 이상의 인용에 따른 표절의 위험을 내포한다. 인용된 글에 주석을 달았다 해도 일정 분량 이상을 원문 그대로 인용한 경우는 표절에 해당한다. 기준이 일치하진 않지만 단어의 유사도를 통해 표절을 판단하고 있는 우리 상황에서 표절의 덫을 피할 수 있는 방법은 '나'의 주장을 논증하기 위해 타인의 글(정보)을 인용할 때 그것을 철저히 자기화한 후에 인용하는 것이다. 이는 곧 정보를 그대로 옮겨 적기보다 자신의 관점에서 분석하고 비판한 후 자신의 표현으로 기술해야 한다는 뜻이다.

정보는 비판적 판단에 따라 선택되어야 한다. 또한 '나'의 논점에 따라 자기화하는 과정을 거쳐 비로소 '나'의 논문에 인용되고 기술될 수 있으며, 그래야만 '나'의 지식으로 새롭게 구성될 수 있다. '그 정보를 왜 선택했는가', '선택된 정보에 대한 나의 분석적 판단은 무엇인가' 하는 점이 인용된 글과 함께 반드시 기술되어야 한다. 정보에 대한 판단·선택·분석의 관점이 곧 나의 논점이 되기 때문이다. 따라서 '나'의 논문에 인용된 정보는 기존 논의 내용에 대한 나의 분석이 첨가될 때에만 의미가 있다. 물론 이런 경우 정보와 정보에 대한 나의 논점이나 판단이 정확히 분리되어 기술되어야 하며(이에 대해서는 이 책의 7장 '간결하고 정확한 논문 문장 쓰기'를 참조), 인용된 정보에 대해서는 규정에 따라 주석을 달아야 한다.

단순 인용된 정보를 중립적으로 진술하는 것은 논문을 설명문에 가깝게 만든다. 연구대상에 대한 정보를 분석적·비판적으로 넘어서지 않는다면 주제가 구성되지 않기 때문이다. 처음 논문을 쓰는 경우에는 많은 시간을 들여 대상에 대한 설명에 치중하는 경우가 많은데, 대상에 대한 판단은 뇌의 인식적 활동이고, 대상에 대한 설명을 옮겨 적는 것은 손의 육체노동에 가깝다. 전자보다 후자가 더 단순한 작업임은 분명하다. 누구나 더 쉬운 작업에 안주하고 싶은 유혹을 느낀다. 하지만 좋은 논문의 자질은 '나'의 관점과 주장, 그것이 증명되는 논리적 정합성에서 찾을 수 있다.

공개된 선행 연구에 대한 존중 없이 그 내용을 무단으로 도용한 글, 인용된 글에 대한 분석 없이 내용을 표현만 바꾸어 새로 쓴 글, 남의 주제를 적용 대상만 바꾸어 옮겨 쓴 글, 주장이나 논점 없이 설명을 나열한 글, 주장에 대한 논리적 근거와 과학적 방법론이 충족되지 못한 글, 객관적 분석보다 주관적 해석에 치우쳐 단정이 남발되는 글, 글의 내용은 빈약한데 화려한 수사로 채워진 글, 이런 글들은 논문의 장르적 특성을 충족하지 못한 글들이다.

논문의 힘 요약노트

- 논문이란 글쓰기의 한 장르다.

- 논문은 화제에 대한 단편적 정보를 설명하는 글이 아니라 주장 혹은 논점이 담긴 주제를 객관적이고 논리적으로 증명하는 글이다.

- 화제와 주제, 설명과 논증, 대상화와 문제화의 차이를 정확히 구분하여 인지하라. 논문이란 문제화된 주제를 논증하는 글이다.

- 대상 A에 대한 정보(화제)로 구성된 글은 설명문, A에 대한 글쓴이의 주장, 논점, 관점, 입장인 B(주제)가 있는 글이 논(설)문이다.

- 나의 주장, 논점, 관점, 입장에 따라 기존의 정보 내용을 검토하고 선택해 자기화하는 과정, 곧 읽은 것을 생각하며 쓰기로 연결하는 활동이 논문 쓰기이다.

- 지식의 구성이라는 논문의 장르적 특성을 바르게 이해한다면 표절이란 애초에 가능하지 않다.

2장

연구주제를
찾는 세 가지 방법

불현듯 찾아오는 주제는 없다

논문을 쓰는 첫걸음은 주제를 확정하는 일이다. 논문을 집필할 때 가장 어렵고 중요한 단계는 논문의 주제를 선택하고 확정하는 단계이다. 특히 최근처럼 연구 인력의 수가 늘어나고 있는 상황에서 중복 연구를 피하면서 생산적인 연구주제를 찾는 일은 쉽지 않다. 논문의 주제는 의욕이나 열정에 앞서 다음과 같은 질문을 냉정하게 판단하여 결정해야 한다.

— 내가 '수행할 수 있는' 주제인가?
— 주제가 '해결 가능한 의문과 질문'을 담고 있는가?
— 주제를 '증명할 수 있는 방법'은 존재하는가?

의미 있고 생산적인 연구주제를 찾기 위해 고군분투하는 데에서 논문 쓰기는 시작된다. 연구대상을 선택하고 연구대상에 대해 어떤 주장을 할 것인가를 결정해야 비로소 논문 쓰기를 시작할 수 있다.

주제를 정하는 단계부터 어색하더라도 글로 표현해보기를 권한다. 주제를 머릿속으로만 구상하면 구체화되지 않기 때문이다. 내가 쓰고 싶은 내용은 무엇인가, 무엇을 논증하고 싶은가, 어설프더라도 글로 표현해보는 데에서 논문 쓰기의 첫 번째 난관인 주제 찾기를 위한 첫걸음이 시작된다.

논문의 연구주제로 타당한가 아닌가, 준비하는 논문의 주제가 생산적이며 유의미한 논의일 수 있는가 아닌가는 곧 **논문의 독창성**으로 연결된다. 열심히 썼는데 그래서 이 논문으로 무엇을 하겠다는 건지 알 수 없다는, 소위 "And So What?(그래서 뭐가 어쨌다고?)"의 지적은 바로 연구주제의 평이함, 그러니까 논문 주제가 독창성이 떨어진다는 지적과 다르지 않다.

간혹 독창적인 주제 찾기에 골몰하다가 이제까지 아무도 쓰지 않은 주제를 발견하고 기뻐하는 경우가 있다. 하지만 아무도 선택하지 않은 주제에는 그만한 사연과 이유가 있게 마련이다. 연구주제를 증명할 수 있는 방법이 없거나, 증명한다 해도 연구 결과가 생산적이지 않거나 유의미하지 않기 때문인 경우가 대부분이다. 그 누구도 나를 위해 논문의 주제를 양보하고 남겨두지는 않는다. 특히 지금처럼 연구자와 학회의 수가 기하급수적으로 늘어나 논문 주제 선점을 둘러싸고 경쟁이 치열한 상황에서는 말할 것도 없다.

연구주제는 한순간에 불현듯이 찾아온 영감처럼 생겨나지 않는다. 요행을 바라기보다는 대학원 과정 중에 소개받은 **논문이나 책을 비판적으로 읽으며 메모하는 습관을 갖는 것이** 연구주제를 찾는 데 훨씬 도움이 된다. 연구주제를 찾는 방법은 그 누구에게나 공평하게 그 어떤 예외도 없이 다음의 세 가지 경우로 정리할 수 있다.

첫째, '스스로 질문을 만드는 것'이다. 질문하기는 모든 창의적 사고 활동에 시동을 거는 것과 같다. 연구대상에 대해 스스로가 갖고 있는 의문을 질문으로 던져봄으로써 연구주제를 구성해볼 수 있다. 머릿속에 두서없이 생겨나는 질문들을 종이에 적다 보면 뜻밖에 멋진 아이디어와 조우할 수 있고, 그 질문에 답을 찾아가다 보면 주제를 구체적으로 구성할 수 있다. 질문하기를 통해 연구주제를 찾을 때 질문의 내용을 다음의 사항으로 구분해서 정리하면 훨씬 효과적이다.

● **연구주제를 찾기 위한 질문 만들기**

기초 질문 (정보)	항목	심화 질문 (정보의 연관)
무엇을 연구할 것인가	**연구내용**	내가 말하고자 하는 것은 무엇인가
왜 연구하려고 하는가	**연구목적**	이 연구가 필요한 이유는 무엇인가
선행 연구와 **비교**했을 때 차이점과 공통점	**연구설계**	구체적으로 어떤 선행 연구를 선택하고 어떤 관점에서 비판적으로 분석할 것인가

연구주제를 찾는 두 번째 방법은 학과 세미나와 각종 학술대
회를 활용하는 것이다. 논문 학기에 들어선 학생에게 "논문 주제
는 정했는가?"라고 물었을 때 학생이 "뭘 써야 할지 아직 모르겠
습니다"라고 대답하면 '학위과정 중에 공부를 열심히 하지 않았
구나'라고 생각하게 된다. 그만큼 학위과정의 세미나 수업은 연
구주제를 찾을 수 있는 좋은 기회이다. 학과 세미나 시간에는 최
신 연구 동향이나 의미 있는 연구방법과 내용이 소개된다. 그리
고 그것을 함께 토론하고 개인별 소논문으로 발표할 수 있는 기
회가 주어진다. 혹은 학술적 흥미를 공유하는 사람들끼리 소규
모 세미나 그룹 활동을 하며 정보를 교환하고 생각을 나눌 수도
있다. 이런 과정을 통해 연구주제를 탐색할 수 있다.

다만 이런 경우 주의할 점은 나의 연구주제가 연구계획서로
확정되기 전에 미리 그 내용을 공개할 필요는 없다는 것이다. 함
께 공부하던 세미나에서 발표한 연구주제를 동료가 가로챘다는
흉흉한 소문이 현실이 되는 경우도 왕왕 있기 때문이다. 논문을
준비하는 과정으로서 세미나 역시 상호간 윤리적 태도가 전제되
어야 원활하게 진행될 수 있는 것이다.

마지막으로 세 번째 방법은 지도교수가 진행 중인 프로젝트

의 일부분을 개인 연구주제로 선택하는 것이다. 이런 경우에는 지도교수의 승인이 필요하고, 전체 프로젝트와의 연관성 안에서 논문을 진행해야 한다는 제한이 있다. 또한 프로젝트의 하위 주제이니만큼 동일한 프로젝트 내 다른 논문과의 차별성에도 신경을 써야 한다.

논문의 주제 찾기는 논문을 준비하는 누구나 스스로의 힘으로 해결할 수밖에 없는 첫 번째 난관이다. 논문의 주제를 쉽게 찾을 수 있는 방법은 없지만 선학(先學)의 도움을 받을 수는 있다. 논문을 쓴 경험이 많은 연구자는 해당 분과 학문의 관심을 끄는 생산적인 질문이 무엇인지를 잘 알고 있을 확률이 높다. 또한 글쓴이가 답을 찾고자 하는 구체적인 질문과 분과 학문 연구자들을 매혹시키는 흥미로운 질문 사이에 타당한 연관성이 있는지도 판단할 수 있을 것이다.

처음 논문을 집필하는 학생들은 분과 학문의 지식과 그 연구 동향에 대한 이해가 깊지 않을 수 있고 지도교수나 선배 연구자보다 부족할 수 있다. 따라서 어떤 질문을 던져야 과학적 방법으로 논증을 전개해나갈 수 있는지를 알고자 한다면 지도교수와 선배 연구자에게 늘 자문을 구하고, 조언을 바탕으로 추천받은 책이나 자료를 읽는 것이 좋다. 그리고 이런 과정에서 **자신이 답을 찾고자 하는 질문을 던져야 한다. 스스로 해결하고 싶은 문제, 자신을 매혹시키는 문제를 찾아야 한다. 그것이 바로 나의 논문 주제가 된다.**

● 유용한 학술 데이터베이스 사이트

학술 자료는 제목이나 주제 분류 범주와 상관없이 핵심어를 통해 검색하는 것이 좋다. 그래야만 훨씬 다양한 관련 연구 논문을 검색할 수 있다.

1) 인문 일반 기초자료 검색 사이트

국가전자도서관 www.dlibrary.go.kr

국회도서관 www.nanet.go.kr

국립중앙도서관 www.nl.go.kr

누리미디어 www.dbpia.co.kr

한국학술정보 www.papersearch.net

한국교육학술정보원 www.riss.kr

구글 스칼라 scholar.google.co.kr

한국연구재단 기초학문자료센터 www.krm.or.kr

2) 사회과학 자료 검색 사이트

한국사회과학자료원 www.kossda.or.kr

한국사회과학데이터센터 www.ksdc.re.kr

ICPSR www.icpsr.umich.edu

Roper Center ropercenter.cornell.edu

CESSDA cessda.net

HRAF hraf.yale.edu

3) 자연과학 자료 검색 사이트

한국과학기술인용색인(KSCI) ksci.kisti.re.kr

과학기술학회마을 society.kisti.re.kr

국가과학기술전자도서관 scholar.ndsl.kr

NSDL(우주, 항공, 생명공학) nsdl.oercommons.org

BioMed(의학, 생명과학) www.biomedcentral.com

4) 논문 요약 문헌 편람 검색 사이트

Science Abstracts(INSPEC) www.iee.org

The Scientific Citation(SCI) www.isinet.com

The Engineering Index www.ei.org

연구주제의 성립 요건

일반적으로 논문의 주제 범위가 넓고 포괄적이면 논문의 독창성을 주장하기 어렵고, 반대로 논문의 주제 범위가 지나치게 좁으면 논점을 논증하는 과정이 쉽지 않다. 논문의 주제를 확정할 때는 이 점도 고려하는 것이 좋다.

논문의 주제는 일단 대상 A에 대한 무엇을 어떤 관점에서 어떻게 고찰하려는 것인가를 글로 표현할 때 가시화될 수 있다. 논문의 주제를 공식처럼 정리하면, A(대상)에 대한 B(관점, 논점, 주장)로 표현될 수 있다. 논문의 주제를 구체화하고 있는지를 스스로가 판단해보려면 이 공식에 맞춰 자신이 쓰고 싶은 연구대상과 그것에 대한 관점, 논점, 주장을 빈칸 채우듯 적어보자. 만약 B에 해당하는 내용이 빈약하거나 중언부언 반복된다면 아직은 논문의 주제가 구성되었다고 할 수 없다.

가령 「세포에 관한 연구」나 「돌연변이에 관한 연구」는 마치 주제처럼 표현되었지만 사실 주제가 아니라 화제에 머물러 있다. '세포'와 '돌연변이'라는 연구대상만이 표현되어 있기 때문이다. 또한 대상에 대해 어떤 부분을 어떤 관점에서 연구하려는가 하는 내용은 생략되어 있다.

「기후변화 레짐의 형성과 녹색 중상주의 국제정치」, 「유아의 부모 표상과 사회적 의도 귀인」, 「자아분화 수준과 비합리적 신념과의 관계」 역시 얼핏 주제처럼 보이지만 주제가 아니다. '~와(과)'

로 연결된 A와 A'는 연구대상에 해당하기 때문이다. A와 A' 양자 간의 관계를 어떻게 판단하고 주장하려는 것인지 그 내용이 표현되지 않는다면, 아직은 화제에 머물러 있는 것이다. 화제로부터 쓰기를 시작하면 대개는 설명문에서 더 나아가지 못한다. 논문 주제는 「포도주에 대한 취향이 포도주 구매에 미치는 영향」처럼 취향과 구매는 영향 관계가 있다는 일반적인 내용을 확인하는 데 그쳐서는 안 된다. 이런 경우, 영향 관계의 구체적 내용을 B에 담아서 주제로 표현하는 것이 좋다. 논문은 개괄적인 일반론을 확인하는 글이 아니라 구체적인 지식을 구축하는 글이기 때문이다.

간혹 주장이 글로 표현되지 않았을 뿐 주장이 없는 것은 아니라고 주장할 수도 있지만, 주장의 내용이 분명하지 않기 때문에 글로 표현되지 않은 것일 수도 있다. 연구대상에 접근하는 창의적인 문제의식을 주제 형식의 글로 구체화할 수 있어야 한다. 논점을 구체적인 주제로 표현할 수 없다면 연구대상에 대해 구체적인 논점을 구성하지 못한 것이다.

「UMTS 단말기의 이동성 관리(Mobility Management)의 2G와 3G 시스템 간의 연동 방안 연구」, 「지베렐린이 옥수수 세포 크기에 미치는 영향」이나 「R방사선에 의한 흰쥐의 돌연변이 유발 연구」라는 표현은 조금 더 주제에 가까워진 상태를 보여준다. '지베렐린'과 '옥수수 세포'의 관계를 '크기 변화'와 관련하여 살펴보려 한다는 점에서 미약하지만 연구대상에 대한 문제의식과 그것을 반영한 변수를 선택한 논점이 드러난다. 지베렐린이 옥수수 세포에 미치는 영향 중 가장 우선적으로 살펴보아야 하는 것이 '크기 변화'라는 글쓴이의 관점을 드러내는 것이다. 따라서 다음의 빈칸을 채우듯 주제를 표현해보도록 하자.

논문 주제 형식: _____

A(대상)에 대한 B(관점, 논점, 주장)

한편 주제를 구성하는 형식이 곧 연구자가 연구대상의 접근법으로 새롭게 제안하는 논리 구조일 수 있다는 점은 매우 중요하다. 이런 맥락에서 선행 연구의 주제와 동일한 형식과 논리 구조와 형식을 바탕으로 연구대상만 달리하는 주제의 경우 다음의 사례에 주목해야 한다.

교수-의사 논문 대필 비리…'입학 때부터 원스톱서비스'

전주지검이 25일 발표한 전북 모 대학 의과대학 교수와 의사들의 논문대필 비리 수사 결과는 의사들이 박사·석사과정에 입학할 때부터 논문을 통과할 때까지 담당 교수가 확실히 봐주는 '원스톱 서비스'로 진행된 것을 특징으로 꼽을 수 있다. 일부 교수는 다른 연구자의 성과에 대필 의뢰자와 자신의 이름을 올려 연구비까지 챙겨 '윈-윈'하기도 했다. 검찰에 따르면 교수 임용, 병원 운영, 취업을 하려는 일부 의대 졸업생들은 아예 박사나 석사 취득을 위한 대학원 입학 때부터 논문대필을 해줄 스승을 찾거나 지인에게 부탁하는 경우가 많았다.

…중략… 논문 수요자들이 전공 분야나 포괄적인 의학 분야에 관한 논문 대필을 요청하면 교수들은 출석, 과제물, 시험, 논문대필, 심사까지 맡아서 처리해줬다는 게 검찰의 설명이다. 일부 교수는 주제를 직접 선정하거나 도중에 바꿔 연구원이나 대학원생에게 작성에 필요한 실험을 시킨 후 그 결과를 대필 논문으로 제공하기도 했다. 또 교수들은 박사논문 심사청구의 전제 조건인 '학회지 2회 이상의 논문 게재'를 위해 다른 연구자의 성과에 의뢰자와 자신을 공동저자로 등재해 교비 연구비를 받은 것으로 드러났다.

검찰 관계자는 "대필 논문의 연구주제는 주로 '병리 현상에 어떤 물질이 어떤 약효나 영향을 미치는가'로, 내용이 겹치지는 않지만 형식과 내용이 매우 유사하다"고 설명했다. 실제 한 교수가 작성한 논문은 「○○ 세포 분화에 XX가 미치는 영향」, 「○○ 세포 분화에 YY가 미치는 영향」, 「○○ 세포 분화에 ZZ가 미치는 영향」 등으로 실험 재료만 다를 뿐 전체적인 논문 구조가 유사했다고 이 관계자는 말했다. 따라서 기존 논문에 실린 사례와 새로운 실험 데이터만 있으면 논문 작성이 어느 정도 가능했다고 이 관계자는 지적했다.

출처: 최영수, 《연합뉴스》, 2014년 9월 25일. (강조는 인용자)

논문의 내적 형식인 논문 구조는 그 자체가 사고의 구조이므로 두 논문의 **논문 구조가 유사하다면 사고의 창의성을 담보하기 힘들다.** 사회적으로 물의를 일으켰던 전북 모 의과대학 교수 논문대필 사건을 조사한 검찰 관계자들에 따르면, 동일 교수가 대필한 논문들은 구체적 연구대상은 겹치지 않지만 논문의 '구조'가 유사했다고 한다. 논문들의 연구주제는 '이러이러한 현상에 이러이러한 물질이 영향을 미친다'로 정리되는데, 구체적으로 「○○세포 분화에 XX가 미치는 영향」, 「○○세포 분화에 YY가 미치는 영향」, 「○○세포 분화에 ZZ가 미치는 영향」 등의 제목으로 표현되었다. 기존의 연구 실험 재료를 다른 실험 재료로 대체하여 새로운 변인으로 제시한 내용으로 짐작된다.

이처럼 두 인자 간의 영향 관계라는 인과성 혹은 상관성에 주목하는 경우, 선택된 특정 변인들의 인과성 혹은 상관성이 논문으로서의 생산적 필요성과 창의적 독창성으로 수용될 때 논문으로 구성될 수 있다. 이미 포괄적인 상관성이 있기 때문에 선택되었을 두 인자가 서로 영향을 주고받는다는 정도의 내용을 논증하는 것만으로는 논문으로서의 성격이 미약하기 때문이다. 변인이 어떤 영향을 미치는지, 그런 영향 관계가 왜 주목받아 마땅한 것인지를 설득할 수 있어야 논문으로서의 생산성을 인정받을 수 있을 것이다.

이미 익숙한 문제를 주제로 다루는 논문을 준비할 때 연구주제를 자세히 구체적으로 밝혀야 한다는 점을 잊어서는 안 된다.

곧 이미 알려진 지식 중 오류는 무엇인지, 논문에서 바로잡으려하는 오류가 무엇인지를 구체적으로 밝혀야 한다. 새로운 문제를 제기하는 논문을 쓰는 경우에도 연구에서 다룰 지식의 공백이나 지식의 오류 부분이 무엇인지 분명히 밝혀야 한다.[6]

　주제의 내용이 간결하게 'A의 B'로 정리되면 그다음에는 구체적인 내용을 보충하는 과정, 곧 A에 대한 B의 내용을 채워나가는 과정이 진행되어야 한다. 일단 'A(대상)의 B(관점, 논점, 주장)'라는 형식으로 쓴 후 그 내용을 상술하는 문장들을 써보는 것이다. 다음과 같이 「도시 호텔의 시설 특성 항목과 영업 성과의 상관관계 분석」이라는 제목의 내용을 구체적으로 표현해보는 식이다.

● **연구주제를 주제문으로 구체화시키기**

　주제: 도시 호텔의 시설 특성 항목과 영업 성과의 상관관계 분석

　주제문: 본 연구에서는 서울시의 호텔업 등록업체 중에서 82개의 특급 및 일반 관광호텔을 대상으로 호텔의 시설 특성 항목과　호텔 영업 성과 사이의 상관관계를 분석하려 한다.

　위의 예시는 간략하게 표현된 주제와 구체화된 세부 내용이 설명된 주제문이다. '도시 호텔'이라는 연구대상은 '서울시의 호텔업 등록업체'로 구체화되었다. '호텔의 시설 특성 항목' 중 구

6　　W. 부스·조셉 윌리엄스·그레고리 콜럼, 앞의 책, 323쪽.

체적으로 어떤 항목을 분석하려는 것인지를 함께 기술한다면 주제의 내용은 더 구체화될 수 있다. 주제를 주제문으로 상세히 기술하면서 아직 확정되지 않은 내용들을 채워나가면 주제가 한층 더 구체화된다. 만약 주제문을 풀어 쓴 글로도 주제 구성에 필요한 내용들이 구체적으로 표현되지 않는다면, 주제에 대한 구체적인 생각이 아직은 분명하게 만들어지지 않은 것이니 선행 연구와 자료들을 검토하며 좀 더 고민해보아야 한다.

연구주제, 연구목적, 연구목표

연구주제를 확정한 후 그 주제를 가지고 논문을 쓰면서도 자신이 선택한 주제가 논문의 주제로 적절한가를 확신하기 힘들 수 있다. 고심 끝에 확정한 논문의 연구주제가 분과 학문의 장에서 유의미한 논의거리가 될 수 있는지를 판단하려면, 자신이 선택한 주제를 일반적으로 논문에서 요구되는 연구목표와 연구목적에 대입해 그 내용을 살펴보는 것이 좋다.

다음의 연구목표와 연구목적의 내용을 다룬 표는 일반적 연구목표에 따른 연구목적의 구체적 내용을 정리한 것이다. 자신의 연구주제가 다음의 목적과 내용을 지향하고 있다면 논문의 연구주제로 자신감을 가져도 좋다. 이 표에서 제시하는 구체적 연구목적에 내가 선택한 논문 주제가 해당된다면 충분히 논문 주제로서의 가능성을 지닌 것이다.

● **연구목표와 연구목적의 내용**

연구목표(goal)	연구목적(object)
A를 이해하는 데 기여한다	논쟁적 문젯거리를 해결하기 사태나 이론 혹은 대상을 분석하거나 해석하기

A에 대한 **지식을 확장시킨다**	비교하고 대조하여 평가하기
A에 대한 **새로운 지식을 수집, 정리한다**	주제 영역(현실 영역)을 체계화하기
A에 대한 문제적 **현상을 설명한다**	현상 간 연관성을 조사하고 분석하기
A에 대한 논쟁거리를 **다시 논의하게 한다**	이론이나 입장에 대한 찬반 논쟁하기 이론이나 입장을 비교하여 평가하기 이미 수행된 연구 반론하기
A에 대한 **새로운 지식을 실험한다**	과학적 방법론을 개발하고 실험하고 적용하여 검증하기

다음의 예시글을 통해 연구목적의 타당성을 생각해보자.

【예시글】 본 연구의 목적은 청소년 상담에서의 성과 요인과 청소년 상담자에게 요구되는 특성을 다룬 주요 국내외 논문을 개관하고 그간 이루어진 연구들의 전반적인 흐름을 제시함으로써 궁극적으로 상담의 효과를 증진하기 위한 실제적 함의를 제공하는 것이다. 또한 지금까지 이루어진 연구들의 한계에 대한 논의와 함께 앞으로의 연

구에 대한 방향을 제시하고자 한다.

위 예시글은 연구목적으로서 아래와 같은 문제점을 지닌다.

【문제점 1】 연구목적에 해당하는 "실제적 함의"라는 표현은 내용을 지시하지 못하고 수사적이어서 연구목적을 확인할 수 없다.

【문제점 2】 "그간 이루어진 연구들의 전반적인 흐름을 제시"하는 방법은 "상담의 효과를 증진시키기 위한 실제적 함의"를 모색하는 연구목적과 논리적으로 연관되지 않는다.

위 예시글에 따르면, 기존 연구를 검토해 상담 효과를 증진시킨다고 판명된 실질적인 요인들을 정리하는 것이 연구의 내용일 것으로 예상된다. 하지만 기존 연구의 정리는 그 자체만으로는 연구목적이나 연구내용이 되기 어렵다. '분석, 평가, 검증, 체계화'의 학술적 활동에 해당하지 않기 때문이다. 따라서 위 예시의 경우 전반적인 연구 흐름을 관점 없이 평면적으로 정리하기보다 비판적 관점에서 '분석'한 내용을 구성하는 것이 필요하다.

분석의 관점은 논문의 연구방법으로 기술된다. 말하자면 논문의 연구방법이란 논문 내용을 구성한 분석에 사용된 이론적 관점(인문사회 계열) 혹은 실험에 적용된 과학적 절차(이공계열)를 말한다. 연구방법을 기술한 아래의 예시를 보자.

【예시글】 …중략… 연구 방법으로는 프레드릭 제임슨(Fredric Jameson)의 텍스트 비평론을 차용했다. 제임슨에 따르면 모든 문화 텍스트는 "항상 어떤 신비화 나 억압의 메커니즘을 전제"(Jameson, 1981/2015, 74쪽)하기 때문에 텍스트 표면의 명시적 내용은 그 내포적 의미와 다른 내용으로 채워지며, 그러므로 텍스트는 '표면을 거슬러' 검토되어야 한다. 이런 방식은 텍스트를 하나의 은유로 간주하는 '알레고리적 독해'인데, "통일된 하나의 기표 쪽으로 함몰되어 가는"(Jameson, 1992/2007, 344쪽) '상징'과 달리, '알레고리'는 그 표면의 대상과 의미가 일치하지 않는 이율배반적 특성 때문에 해석자를 표면에 쓰이지 않은 숨겨진 의미로 이끈다는 특징을 지닌다. 후기 자본주의 사회로의 진입에 따라 모든 것을 물화시키려는 자본의 탐욕스러움이 더욱 심화되고 있는 상황에서 제임슨은 이런 알레고리의 개념이 파편과 파열, 불연속과 불확실성 등 포스트모던 사회의 특징적인 감수성과 매몰되어 있던 역사의 실재성, 계급의식, 사회적 총체성, 시대 이념과 같은 '정치적 무의식'을 가장 잘 드러내 주는 도구로 보았다(Jameson, 1992/2007).

출처 : 한송희. (2019). 한국 재난영화의 정치적 무의식 : 2010년대를 중심으로. *언론과 사회*, 27(2), 98-166.

위의 예시에서 글쓴이는 자신이 선택한 분석의 관점(연구방법)을 소개하는데 그치지 않고, 그것을 비판적으로 분석하여 자신의 논문 주제와 연결시킨다. 그것은 프레드릭 제임슨의 텍스트

비평론 중 자신의 주제와 닿아있는 핵심 내용만을 간략 제시한 후, 그에 대한 자신의 이해와 분석을 상술함으로써 가능하다. 논문의 모든 내용은 이렇듯 논문을 쓰는 나의 분석을 통해 상술된 내용으로 구성되어야 한다.

학술논문을 통해 현상이나 이론, 사태나 사건을 고찰하는 것은 학술 공동체, 나아가 학술 공동체가 속한 사회 공동체의 문제적 상황, 사건, 사태를 해결하는 지혜와 방법을 축적하기 위함이다. 이를 위해 연구목적은 '현상이나 사태, 사건에 대한 분석, 입장이나 논점이 엇갈리는 대상에 대한 평가, 집적된 지식의 체계화 혹은 범주화, 가설적 이론에 대한 실험과 검증 행위로 구체화된다. 따라서 논문 주제를 확정하면서 함께 검토해봐야 할 사항은 연구대상과 연구목적, 연구방법이 실제 구현 가능성의 측면에서 서로 정합적으로 연관을 맺고 있는가를 따져보는 일이다.

논문을 쓰는 나에게는 흥미롭다 해도, 궁극적인 논문의 목적이 생산적이지 않거나 유의미하지 않다면 논문 주제로서 가치가 있다고 평가받기 힘들다. 또한 아무리 매혹적인 주제라고 하더라도 그것을 논리적으로 설득하고 증명할 수 있는 방법이 없다면 연구주제를 다시 검토해보아야 한다. **논문은 연구목적이나 연구방법 자체만을 평가받는 글이 아니다. 논문은 연구대상을 매개로 연구목적과 연구방법을 논리적으로 연관시켜 생산적인 공적 가치를 설득하는 글이다.** 이 점을 명심하라.

이 모든 조건들이 충족되었더라도 논문을 쓰고 있는 지금 나의 역량으로 수행 가능한 주제인가를 냉정하게 판단해야 한다. 사석에서 한 교수님이 석사학위논문을 준비하면서 노벨상을 두서너 개 탈 수 있는 규모의 주제를 욕심내는 경우가 있다고 안타까워하시는 말씀을 들은 적이 있다. 석사학위논문을 준비하면서 박사학위논문에서나 가능한 크기와 밀도의 주제를 욕심내는 것은 책임질 수 없는 선택이 될 가능성이 높다. 논문 주제에 욕심을 내다가 결국 주어진 학기 내에 논문을 완성하지 못하는 경우도 종종 보았다.

열정이나 욕심만으로 논문은 구성되지 않는다. 멋진 구조물을 세우기 위해서는 벽돌을 한 장씩 쌓아나가야 하듯 새로운 한 장의 벽돌을 기존의 구조물 위에 올려놓는 것만으로도 논문의 의미를 성취할 수 있다. 오롯이 혼자 힘으로 구조물을 완성하기는 힘들다.

논문 제목, 주제 내용의 구체화

논문의 제목이 주제를 반영해야 한다는 것은 알고 있지만 실제 그렇지 못한 경우가 많다. 웬일인지 논문의 제목은 짧고 간결해야 할 것 같다는 선입견도 작용한다. 하지만 논문의 제목은 간결하고 포괄적인 것보다 다소 길더라도 주제 내용을 반영하여 구체적으로 주제를 기술하는 것이 좋다. 필요하다면 부제를 활용해 구체적으로 주제를 한정하는 솜씨를 발휘할 수도 있다. 생각해보라. 제목은 논문의 맨 앞에 적는 글이다. 또한 제목을 구성하는 대상 A와 그에 대한 논점 B는 논문의 핵심적인 내용에 해당한다. 제목을 통해 논문 내용의 핵심을 전달하는 것이 좋지 않겠는가.

잊지 마라. 논문의 주제는 논문 첫 장의 제목으로 가장 먼저 표현된다. 그렇다면 「A에 대한 연구」 같은 제목은 피하게 될 것이다. A에 대해 어떤 점을 특히 주장하고 싶은지가 구체적으로 제목에도 반영되어야 주제 내용을 효과적으로 전달할 수 있기 때문이다.

● **논문 제목을 정하는 원칙**

— 논문의 제목은 곧 논문의 주제를 반영한 것이어야 한다.

— 논문의 제목은 핵심어로 구성되는 것이 효과적이다.

— 논문의 제목은 연구내용이 반영된 구체적인 표현이어야 한다.

상황에 쫓겨 논문의 주제를 한정하지 못한 채 일단 쓰기를 시작했어도, 논문을 진행하는 어느 지점에서 반드시 내용을 구체화하고 한정해야 하는 순간과 맞닥뜨리게 된다. 또한 논문 쓰기를 진행하면서 시작할 때의 연구목적이 희미해지기도 한다. 논문을 쓰는 과정에서 누구나 겪을 수 있는 일이다. 그런데 초점화되지 않은 글은 아무리 많은 내용을 써도 논리적 구조, 곧 논문이 요구하는 형식으로 구성되지 않는다.

계획 단계에서 주제의 구체성이 확보되지 못한 경우에는 본문에서 이미 기술한 많은 양의 내용을 버리고 새로 시작해야 할 수도 있다. 논문에서 계획 단계가 중요한 것은 이 때문이다. 논문 수정은 최소한 서론 쓰기까지의 시작 단계에서 이루어지는 것이 효율적이다. 본문의 내용을 쓰기에 앞서 계획 단계에서 논문의 주제를 여러 번 점검하고 수정하는 것이 좋다. 계획 단계를 생략하고 본문을 쓴 후 수정하려 하면, 다시 주제를 한정하고 구체화하는 단계로 되돌아오게 된다. 글은 유기체이기 때문에 진행되어 완결된 글에서 특정한 한 부분만을 고치는 것은 어렵다. 글의 어느 한 부분을 수정하면 전반적으로 글을 다시 수정해야 하는 경우가 많다.

다음의 예시처럼 대상 A를 포함관계를 이루는 하위 범주로 쪼개가면서 한정하면 주제를 구체화하고 초점화하는 데 도움이 된다. 예시에서 연구대상에 해당되는 '수덕사'는 더 작은 범주의 구체적인 내용으로 쪼개질 때 주제로 기술될 수 있다. 곧 '수덕사 >

수덕사의 대웅전 > 수덕사 대웅전의 건축술 > 수덕사 대웅전의 건축미의 특징'으로 포함관계가 유지되면서 하위 범주로 분화될 수 있다. 마치 사수가 과녁의 정중앙을 맞추기 위해서는 과녁 중앙의 초점이 필요한 것처럼, 포함관계에 따라 정교하게 분화된 구체적 생각의 정점이 곧 논점으로 초점화되는 것이다. 구체화를 거듭해 도출된 가장 초점화된 내용이 주제이자 예각화된 문제의식이 된다.

● **주제의 한정**

　A…수덕사

　　a′…수덕사의 대웅전

　　　a″…수덕사의 대웅전의 **건축술**

　　　　a‴…수덕사의 대웅전의 **건축미의 특징**

　A(수덕사)를 논문의 대상으로 정했는데 A에 대한 정보나 생각이 부족하면 A를 포함하는 더 넓은 범주, 곧 A보다 더 많은 내용과 정보를 포함하는 한층 포괄적인 대상(한국의 사찰)으로 기술 범위가 넓어지게 된다. 요컨대 '수덕사 < 한국의 사찰 < 사찰 < 불교'처럼 대상 범주가 넓어지면 논문의 내용 역시 걷잡을 수 없이 일반적인 내용으로 확장된다. 쓰고 싶은 주제는 수덕사 대웅전의 건축미의 특징인데, 글은 한국 사찰, 한국 사찰의 건축학적 특징과 역사 등등으로 확장되면서 열심히 쓸수록 주제에서 멀어

지게 된다.

　이런 경우 수덕사는 한국 사찰에 속하지만, 수덕사 건축미의 특징이 한국 사찰의 특징으로 환원되는 것은 아니라는 점을 명심해야 한다. 주제 전개의 방향이 구체적이어야 한다는 것은 이런 점을 염두에 둔 지적이다. A(수덕사)라는 기준점에 집중하여 그것보다 더 구체적인 내용과 그에 따른 논점을 끌어내도록 노력해야 한다. 물론 쉽지 않다. 그러나 이런 과정을 거쳐야만 논문의 주제가 구체적이어서 좋다는 평가를 받을 수 있다.

● **주제 내용의 구체화**

　　A···지식인

　　　a′···지식인의 역할

　　　　a″···사회 변혁 과정에서 지식인의 역할

　　　　a‴···사회 변혁 과정에서 지식인의 **참여** 역할

　　　　　a⁗···1980년대 **[시간적 한정]** 민주화 과정에서 지식인의 참여 역할

　　　　　　a⁗′···1980년대 **한국의 [공간적 한정]** 민주화 과정에서 지식인의 사회 참여 역할의 변화

핵심어, 주제, 제목, 초록은
서로 연결된다

핵심어는 논문의 핵심 내용을 압축한 단어이다. 주제와 마찬가지로 핵심어에도 구체적인 내용이 담겨 있어야 한다. 주제에 다름 아닌 제목도 핵심어로 구성되는 것이 좋다. 'A의 B'라는 주제 형식은 A와 B에 속하는 구체적 내용인 a', b' 등등으로 분화되고, 핵심어는 그 구체적인 내용들 가운데에서 선택되는 것이 좋다. 핵심어는 논문의 가장 앞부분에 위치해서 중요한 역할을 담당하는데도 불구하고 뜻밖에 무심히 선택되는 경우가 많다. 내가 선택한 핵심어를 통해 나의 연구가 다른 연구자들에게 검색되고 인용된다는 점을 명심하자. 곧 내 논문이 핵심어를 통해 선택되고, 핵심어를 중심으로 논문의 내용 역시 개관된다.

핵심어와 주제, 제목의 관계를 일목요연하게 정리하여 연구대상과 그에 대한 논점을 파악하도록 기능하는 것이 논문의 맨 앞 장에 위치하는 국문초록이다. 국문초록은 연구대상과 연구목적(논점), 연구목적을 구현할 방법, 그리고 논증된 본론의 내용을 한 쪽 정도로 정리한 연구 요약문이다. 일반적으로 국문초록의 마지막에는 핵심어를 다섯 개 이상 배치하는 것이 논문의 규정이다. 핵심어의 수가 적거나 포괄적이면 논문의 내용을 충분히 반영할 수 없다. 제목, 국문초록, 핵심어처럼 논문의 본문 앞에 위치하는 내용들은 소홀히 다루어지는 경향이 있다. 하지만 가장 중요한 내용을 앞쪽에 배치하는 것이 글쓰기의 중요 원칙 중 하나라는 점을 기억하자. 그러니 제목, 국문초록, 핵심어는 정성을 다해 심사숙고해서 선택하고 표현해야 한다.

국문초록과 핵심어가 제대로 작성되었는지를 확인하는 간단한 방법은 국문초록 아래에 위치한 핵심어가 골고루 초록 내용에 나타났는지를 상호 확인하는 것이다. 다음의 예시를 보자.

【국문초록 예시】

근로 빈곤 청년이 인지하는 고용 관련 장벽:청년 고용장벽 척도 개발과 타당도 검증

본 연구는 국민기초생활보장제도생계급여 수급가구의 청년들을 대상으로 빈곤 청년들이 노동시장에서 경험하는 장벽을 **탐구한다.(연구 목적)** 그 첫 번째 단계로 수급가구 근로청년 11명을 대상으로 초점집단면접을 통해 빈곤 청년들이 노동시장에서 구직 및 근로와 관련하여 경험하는 장벽 요인을 **도출한다.(연구 대상/방법)** 다음 단계로 초점집단면접을 통해 도출된 18개 장벽 요인을 4개 차원 16개 문항으로 구조화하고 이에 대해 확인적 요인 분석, 신뢰도 분석, 판별 타당도 및 수렴타당도 분석 등 일련의 타당도 분석을 **실시한다.(연구 방법)** 그 결과, 빈곤 청년들이 노동시장에서 구직 및 근로와 관련하여 인지하는 4개 차원 16개 문항 구조-인적자본 및 자원 부족(5

문항), 삶에 대한 통제력 부족(5문항), 가족 관련 장벽(4문항), 건강 관련 장벽(2문항)의 청년 고용장벽 척도를 제안한다.(연구 내용) 근로 빈곤 청년들은 성인 저소득 구직자와 유사하게 학력, 경력 등 인적자본의 부족, 삶에 대한 통제력 부족을 중요한 고용장벽으로 인지하고 있는 반면, 학업성적, 교육자원의 부족, 인터넷 게임이나 SNS의 지나친 사용, 가족과의 단절 및 지지 부족 등은 청년 세대가 차별적으로 인지하는 고용장벽 요인인 것으로 나타났다.(연구 결과) 청년 고용장벽 척도는 빈곤 청년을 대상으로 개발된 고용관련 장벽을 측정하는 도구로서 청년대상 일자리 및 자활 실천 현장에서 개입의 효과성 향상을 위해 활용할 수 있는 실천적 유용성을 가지는 한편, 노동시장에서 청년들의 역동과 과정을 이해하기 위한 시도로서 의의를 가진다.(연구 의미/기대 효과)

주제어(핵심어): 고용 관련 장벽, 근로 빈곤 청년, 고용장벽 척도, 척도개발, 타당도 검증

출처: 최상미. (2019). 근로 빈곤 청년이 인지하는 고용 관련 장벽: 청년 고용장벽 척도 개발과 타당도 검증. *한국사회복지조사연구*, 62, 31-56.

위의 국문초록은 제목과 핵심어와 초록의 내용이 서로 잘 연결되어 있다. 국문초록의 제목과 본문의 문장마다 핵심어가 빠

짐없이 등장하고 있기 때문이다. 무엇보다 6개의 문장으로 이루어진 본문의 서술어는 그 자체 국문초록의 내용을 정확하게 지시하고 있다. 곧 "탐구한다, 도출한다, 실시한다, 제안한다, 나타났다, 의의를 가진다" 는 6개의 서술어는 연구목적, 연구대상과 방법, 연구내용, 연구결과, 연구 의미라는 국문초록이 요구하는 내용을 효과적으로 담아낸다.

주제의 다양한 내용 형식

주제 혹은 주장의 내용이 다양한 만큼 그것을 담은 형식 역시 다양하다. 분과 학문의 성격에 따라 주제 내용과 그것을 표현하는 형식은 다양하게 분포한다. 세미나 형식의 강의가 진행되고 그에 따른 내용을 주제로 구성하는 인문학의 경우와 인터뷰나 설문지 등 통계자료의 양적 처리 방법을 연구방법으로 선택하는 사회과학의 경우에는 주제 내용의 형식이 동일할 수 없다.

마찬가지로 구체적 실험을 통해 가설을 증명하는 의학, 기술 과학과 자연과학 분야에 제출되는 논문의 주제 형식은 인문학이나 사회과학의 그것과 같을 수 없다. 기술과학 관련 분과 학문은 실험이나 실습 활동(실험, 시험 절차, 현장 실험, 프로그래밍 짜기나 설계도 작성)을 논문 내용으로 담기를 요구하므로, 실험이나 실습의 프로젝트 결과를 언어화하는 작업이 논문이 된다.

그럼에도 불구하고 다양한 분과학문의 주제 형식을 일반화해 보면 크게 세 가지 형식이 있다.

1) 새로운 학설(담론)을 제시하는 **문제제기형**
2) 논리적 근거를 통해 사실을 분석하거나 확인하는 **문제 분석형**
3) 검증된 학설(이론)을 분석된 문제적 현상에 적용하여 대안을 모색하는 **해결 방안 제시형**

지식을 통해 사회 공동체의 문제를 해결하는 과정은 제기된 문제를 사회 공동체의 문제로 수용하여 그것을 다양한 분과 학문에서 다각도로 분석한 후, 그 분석의 결과를 통해 가장 합리적이고 논리적인 대안을 강구하는 순서로 진행된다. 논문의 주제 내용에도 그런 과정이 반영된다. 이를 좀 더 세분해서 정리하면 다음과 같다.

● 주제 형식과 주제 내용

질문 형식	주제 형식	주제 내용
문제제기형	현상, 학설, 이론에 대한 새로운 문제제기	제기된 문제의 타당성과 유의미성을 설득하고 판단하는 활동
문제 분석형	제기된 문제의 분석	여러 분과 학문에서, 다양한 관점에서, 다양한 방법과 이론을 통해 제기된 문제를 분석하는 활동
입장(관점) 구성형	분석을 바탕으로 한 관점 정리	분석을 바탕으로 주요 관점과 입장으로 정리하고 체계화하는 활동
입장(관점) 지지형	정리된 관점 중 가장 합리적인 관점의 선택과 지지	동의된 관점과 입장을 도출하고, 그것을 지지하는 활동

문제해결 방향 제시형	선택된 관점과 주장을 바탕으로 문제해결 방향 제시	사회 공동체의 합의에 의해 선택된 가장 합리적이고 논리적인 관점과 주장을 바탕으로 문제해결의 방향을 모색하는 활동
문제해결 방안 제시형	문제해결 방향에 따른 구체적 대안 제시	문제해결 방향으로 동의되고 선택된 맥락 속에서 구체적인 대안을 제시하는 활동

논문의 주제에는 다양한 질문 내용과 형식이 포함된다. 그렇기 때문에 주제는 위의 표가 보여주는 것처럼 연구대상의 연구 진행 단계에 따라 다양한 내용 형식으로 설정될 수 있다. 문제제기형으로서 새로운 주장을 제기하는 내용이 주제로 표현될 수도 있고, 이미 제기되어 공동의 문제로 수용된 어떤 사안에 대한 입장을 지지하고 평가하는 활동이 주제로 표현될 수도 있다. 연구대상의 분석에 집중하는 것이 현재 요구되는 연구 단계라면, 정합적인 방법을 찾아 분석을 치밀하게 하는 것도 주제의 내용이 될 수 있다. 그러니 논문의 주제는 무릇 구체적인 문제 해결 방안을 반드시 제시해야 한다는 강박에서 벗어나자. 다음의 논문 주제 예시를 통해 주제 내용이 걸쳐 있는 다양한 스펙트럼을 확인해볼 수 있다.

문제제기형	본 연구는 결혼이주여성의 자아 정체성 형성과 자아 존중감 향상을 위해서는 기존의 언어 중심 프로그램 개발에서 탈피하여 신체 활동 중심 게슈탈트 예술 치료 프로그램을 개발하는 것이 필요하다는 문제의식 에서 출발한다.
문제 분석형	본 연구는 부부간 의사소통 유형이 결혼 만족도에 영향을 미친다는 선행 연구결과를 바탕으로 자존감과 성적 친밀도가 두 변인 간 관계에 미치는 매개 효과를 알아보려 한다.
입장(관점) 구성 혹은 입장 지지형	본 연구에서는 수행된 연구결과를 바탕으로 제작된 3축 CNT 가속도 센서의 성능을 평가하여 3축 CNT 가속도 센서가 기존의 가속도 센서들보다 우수한 성능을 지님을 증명하려 한다.
문제해결 방향 혹은 방안 제시형	새터민의 남한 사회 정착을 위한 정부 지원은 경제적인 지원을 중심으로 이루어지며, 이에 대한 한계는 기존 연구에서 이미 심도 있게 논의되어왔다. 곧 새터민들이 남한 사회의 일원이 되기 위해서는 경제적 지원뿐만 아니라 교육적 지원 역시 중요하다는 것이다. 이에 본 연구에서는 새터민들의 한국의 공교육 현장에 적응할 수 있는 방안을 모색하려 한다. 특히 그에 대한 구체적인 방안으로 윤리 의식을 강화하는 교육 프로그램을 레비나스의 '타자 철학'을 바탕으로 제안하려 한다.

주의할 점은 연구주제를 확정하기 전에 나의 주제 내용과 내가 속한 분과 학문의 연구 경향, 연구 진행 단계를 맞춰봐야 한다는 것이다. 가령 현재 내가 속한 분과 학문의 연구 경향과 연구 진행 정도가 문제제기 단계에 머물러 있다면, 대안을 구체적으로 제시하는 논문 주제 내용을 구성하는 것은 무모한 도전이 될 수 있다. 제기된 문제는 반드시 분석 활동을 거쳐 그로부터 대안을 도출해야 하기 때문에 분석에 대한 학계의 노력이 집적되지 않은 상태에서 구체적 대안을 제안하기는 어렵기 때문이다. 이런 경우 논문의 주제 내용은 '문제 분석형'의 범주 안에서 선택되는 것이 좋다.

반대로 현재 내가 속한 분과 학문의 연구 경향과 연구 진행 수준이 문제 분석의 단계를 넘어 구체적인 대안을 요구하는 단계에 들어섰다면, 최소한 나의 논문이 생산적이기 위해서는 새삼 분석 내용을 더하기보다 기존 연구의 분석 내용을 더 비판적으로 검토하여 구체적 대안을 제시하는 주제 내용을 구성하는 것이 좋다.

한 편의 논문으로 연구대상에 대한 분석을 완료하고 나아가 생산적인 대안까지 제시하는 것은 현실적으로 불가능하다. 그러므로 자신이 선택한 연구대상에 대해 학계에서 진행되고 있는 논의의 정도를 고려하여 논문 주제의 내용 형식을 정하는 것이 좋다. 학계의 논의가 시작 단계에 있는 연구대상은 논문 주제로 분석형을 요구하는 경우가 많고, 논의가 상당히 진행된 경우에는 문제를 해결하는 대안을 제시하는 연구주제가 요구될 수 있다. 이러한 점들을 고려하여 나의 역량으로 처리 가능한 한도 내에서 주제의 내용 형식을 선택해야 한다.

내 논문의 주제 내용 형식이 어디에 속할 수 있는지를 따져보는 것은 내 논문이 자주 인용되는 생산적인 논문이 되기 위해, 비생산적인 중복 연구를 피하기 위해 논문의 연구주제를 선정할 때 반드시 거쳐야 할 필수 과정이다. 논문을 준비하는 과정에서 학계의 연구 경향과 연구 진행 단계를 확인하지 않는 경우 중복 연구 논란과 불필요한 주제 표절의 의심에 휩싸이게 된다. 논문 쓰기에서 선행 연구 검토가 선택 요건이 아니라 필수 요건인 것도 이 때문이다.

● **논문의 체계**[7]

1. 머리지면(preliminaries)
   - 1-1. 표제면(title page)
   - 1-2. 인준서(approval sheet)
   - 1-3. 머리말(preface) 혹은 감사의 글(acknowledgement)
   - 1-4. 본문의 차례(table of contents)
   - 1-5. 통계표 및 도표 차례(lists of tables and illustrations)
     *통계표나 도표가 있는 경우
   - 1-6. 국문 요약

2. 본문(text)
   - 2-1. 서론(introduction)
   - 2-2. 본론(main body)
   - 2-3. 결론(conclusion)

3. 참고 문헌(reference matters)
   - 3-1. 참고문헌(bibliography)
   - 3-2. 찾아보기(index)
   - 3-3. 영문 초록(abstract)
   - 3-4. 부록(appendix)

---

7   연세대학교 연구처 편, 『새논문작성법』, 연세대학교 출판부, 1998, 33~34쪽.

논문의 힘 요약노트

- 연구주제는 한순간에 불현듯이 찾아온 영감처럼 생겨나지 않는다.

- 연구주제를 찾는 방법은 세 가지다. 평소에 논문이나 책을 비판적으로 읽으며 메모하는 습관을 갖자. 학과 세미나와 각종 학술대회에 참가해 최신 연구 동향 및 연구방법을 탐색하자. 지도교수가 진행 중인 프로젝트에 관심을 갖자.

- 연구주제는 'A(대상)에 대한 B(관점, 논점, 주장)'로 표현된다.

- 논문의 제목은 논문의 주제 내용을 반영한 핵심어로 표현하는 것이 좋다.

- 논문의 초록은 논문의 주제 내용이 한 눈에 들어오도록 정리한 부분이다.

- 논문의 초록은 논문 제목, 논문 주제, 핵심어와 상호 연관된다.

- 논문의 주제 형식은 문제제기형, 문제 분석형, 입장 구성형, 문제해결 방향 제시형 등 다양하다.

3장

쓰기는
읽기에서 시작된다

학문 윤리가 시작되는
선행 연구 검토

선행 연구 검토는 연구주제를 탐색하면서 본격적으로 논문을 준비할 때 반드시 거쳐야 하는 과정이다. 선행 연구 검토는 논문의 규정 형식으로 제안될 만큼 논문 쓰기에서 중요한 활동이다. 선행 연구를 검토하는 '읽기'로부터 논문 '쓰기'가 시작된다. 선행 연구 검토의 가장 큰 의미는 나의 연구주제와 그 구체적인 내용이 이미 논의된 연구내용에 해당하는 것은 아닌지 중복 연구 여부를 확인하는 활동이라는 점에서 찾을 수 있다.

이미 발표된 내 논문과 동일한 아이디어로 논문의 한 장을 구성한 누군가에게 표절 여부를 따져 물었더니 돌아온 대답은 '그런 아이디어를 당신만 생각해낼 수 있다고 단정하지 말라'는 것이었다. 이는 안타깝게도 논문이라는 글쓰기를 제대로 이해하지 못한 경우다. 선행 연구 검토의 일차적인 목적은 중복 연구를 피하는 것이다. 선행 연구 검토를 통해 누군가 나보다 먼저 내가 쓰려는 아이디어를 논문으로 발표했는지를 점검해야 한다. 주제를 애써 확정했다 하더라도 그것의 전개가 선행 논문에서 이미 다루어진 내용과 큰 차이가 없을 것이라는 판단이 든다면 논문의 연구주제로 선택하지 않는 것이 생산적인 태도이다. 전문 연구력을 이중으로 소비하는 것은 명백히 비효율적인 일이기 때문이다. 그러므로 선행 연구 검토를 통해 중복 연구의 비효율성을 논문의 계획 단계에서부터 차단해야 한다.

간혹 이미 진행된 선행 연구와 자신의 연구내용이 지나치게 유사하기 때문에 의도적으로 선행 연구 검토를 생략한 것은 아닌지 의심되는 경우도 있다. 선행 연구의 성과에서 일보 진전 없이 그것의 표현을 변형하는 정도로는 의도된 중복 연구의 의혹으로부터 자유로울 수 없다. 선행 연구 검토가 생략되어도 무방한 논문이란 존재하지 않는다. 그러니 선행 연구 검토의 내용을 논문에서 생략하는 것은 위험한 선택일 수 있다.

또한 내 논문에서 진행될 연구내용을 분과 학문의 학술적 맥락 안에 위치시키는 것도 선행 연구 검토를 통해서 가능하다. 새로운 패러다임을 제시하는 연구라 하더라도 기존 연구와의 차별성을 언급하면서 연구내용을 학술적으로 맥락화하는 것이 일반적이다. 예컨대 선행 연구와의 차이를 분석하여 자신의 연구주제를 논점화할 수도 있고, 자신의 연구가 어떤 의미를 지니는지 연구의 맥락을 제시할 수도 있다.

선행 연구 검토는 내 연구주제를 확정하는 일과도 밀접한 관련이 있다. 선행 연구를 비판적으로 분석해 내 연구주제와의 상관성을 고찰하면서 연구주제를 구체화할 수 있다. 따라서 선행 연구를 검토하여 정리한 내용은 객관적인 요약에 그칠 수 없고,

그렇기 때문에 객관적인 요약을 핑계로 선행 연구의 내용을 그대로 내 논문으로 옮겨 적어서는 안 된다. 다음의 사례에 주목해 보자.

석사학위논문을 준비하던 동룡은 선행 연구 검토 부분을 기술하던 중에 기존에 발표된 논문에서 자신이 검토하려 한 연구 논문을 요약 정리한 내용을 발견했다. 선행 연구 검토란 이미 발표된 논문의 내용을 의미 내용의 변경 없이 요약하는 것이므로 누가 그 내용을 정리하든 큰 차이가 없을 것이라고 생각한 동룡은 선행 연구를 깔끔하게 정리한 그 논문의 내용을 인용 표시 없이 한두 단락 자신의 논문에 그대로 옮겨 적었다.

동룡의 판단은 문제가 없는 것일까. 결과적으로 말하자면 동룡이 참고하여 옮겨 쓴 논문의 필자는 동룡의 논문에 이의를 제기했고, 동룡의 논문은 표절 논문으로 판단받았다. 학위를 수여한 대학 측에서 표절 논문은 아니지만 '부분 표절'을 인정한 방송인 A 모 씨의 석사학위논문의 경우도 이와 유사하다. 2013년 10월 신문 보도에 따르면 A 모 씨의 논문은 "선행 연구 부분인 제2장에서 일부 사려 깊지 못한 인용과 재인용의 출처를 밝히지 않아" 해당 대학의 연구 윤리 및 진실성 확보를 위한 규정을 위반했다고 판단되었다.

동룡이 의도하지 않았던 표절의 덫에 빠지게 된 이유는 선행 연구 검토에 대한 잘못된 이해 때문이다. 흔히들 선행 연구 검토를 기존의 연구를 '객관적'으로 요약 정리하여 옮겨놓는 활동으로 여긴다. 그리고 선행 연구 내용을 객관적으로 요약한다는 이유로 기존 논문의 표현을 '그대로' 옮겨 적는다.

하지만 동룡의 경우처럼 최근의 표절 사례를 보면 선행 연구를 검토하는 과정에서의 부적절한 인용도 표절로 간주될 수 있다. 인용 표시가 생략된 경우는 물론이고 재인용 표기의 생략, 일정 분량 이상을 그대로 옮겨 적은 경우는 부적절한 인용이나 잘못된 인용에 해당한다. "인용 방법과 형식이 잘못되면 표절이 아니라 자료를 잘못 이용한 것에 해당한다. 그러나 순전히 실수로 행해진 **'우연한 표절' 역시 범죄 행위인 것은 마찬가지다."**[8]

선행 연구 검토를 부주의하게 처리할 때 이러한 표절에 쉽게 노출될 수 있다. 인용 표시가 생략된 경우는 물론이고 재인용 표기의 생략이나 남의 자료를 일정 분량 이상 그대로 옮겨 적은 경우는 부적절한 인용이나 잘못된 인용, 나아가 표절로 간주될 수 있다.

다음의 표는 "창작 활동에서 표절을 예방하고 정직성을 회복하기 위해" 1966년 미국 전문 기관에서 제시한 열한 가지의 표절 유형을 서울교육대학교 윤리교육과 이인재 교수가 인용, 정리한 것이다.[9] 이인재 교수는 인용 표시를 하지 않은 표절과 인용 표

---

8   순천향대학교 사고와표현 편찬위원회 편저, 『사고와 표현』, 보고사, 2015, 30쪽.

9   이인재, 「연구윤리 확립을 위한 인용과 표절의 이해」, 『윤리연구』 66호, 2007, 15쪽.

시를 했지만 여전히 표절인 경우를 구분해 정리했다. 전자는 명백한 표절에 해당되고, 후자는 적절하지 않은 인용으로 광의의 표절에 해당한다고 할 수 있다.

● 인용을 표시하지 않은 경우 (표절)

유령작가형	다른 사람의 저작, 단어를 자신의 것처럼 제출한 경우
사진 복제형	하나의 출처에서 변형없이 텍스트의 중요 부분을 그대로 복제하는 경우
도시락 글형	표절을 숨기기 위해 원래 표현의 대부분을 유지하면서 여러 출처로부터 복제하여 문장을 비틀어서 편집하는 경우
못난 변장형	출처의 본질적인 내용을 유지하며 주제어(핵심어)나 표현만 살짝 바꿔놓는 경우
게으름뱅이형	독창적인 작업에 노력을 기울이기보다는 출처의 내용을 변형이나 짜깁기하는 경우
자기도둑형	저자가 이전에 쓴 자신의 글을 빌려와 학계에서 요구하는 독창성의 기대와 관련된 정책을 위반하는 경우

주석 망각형	원저자의 이름은 언급했지만 어디에서 자료를 참고했는지 그 위치에 대한 구체적인 정보를 포함시키지 않은 경우
정보 오보형	출처와 관련된 정보를 부정확하게 제공하여 그 출처를 찾기 어려운 경우
말바꾸기형	출처를 정확히 인용했지만, 옮겨 쓴 텍스트를 부호로 표시하지 않아 마치 저자의 독창적인 표현이나 해석인 것처럼 위장한 경우
잔머리형	정확한 출처 인용, 인용부호 사용, 표현을 바꿔 인용 등 필요한 조치를 했지만, 저자의 독창적인 글을 포함하고 있지 않은 경우
완전범죄형	출처를 적절히 인용하고 인용부호를 달고 있지만 그 출처에서 인용 없이 다른 주장들을 말바꾸기한 경우, 말바꾸기한 내용이 마치 인용된 자료를 분석한 것처럼 위장하는 경우

위의 경우 광의의 표절에 해당하는 '잔머리형'이나 '말바꾸기형', '완전범죄형'은 논문을 여러 편 쓴 연구자들도 빠져들 수 있는 표절 유형이다. 현실적으로 표절로 수용되는 것이 쉽지 않은 경우라 유혹에 빠질 수 있다. 반면 논문을 처음 쓰는 경우, 특히

선행 연구를 검토하여 논문에 반영할 때, '유령작가형'이나 '사진 복제형'의 표절 유형에 노출될 위험이 크다. 이를 예방하기 위해서는 선행 연구의 내용을 그대로 요약하거나 옮겨 적기보다 그 내용을 비판적이고 분석적으로 판단하여 자신의 논점이 드러날 수 있도록 자기화하는 것이 필요하다.

선행 연구의 인용(citation)은 성찰적 자세로 성실하게 진행되어야 한다. 이는 나의 글에 다른 글을 인용할 때는 기본적으로 신뢰와 존중이 전제되어야 한다는 것을 의미한다. 타인의 논문을 나의 논문에 인용한다는 것은 좋은 논문의 도움을 받았다는 것을 인정하고 알리는 한 방법이며, 그것은 또한 훌륭한 연구에 주어지는 보상이 된다.

● **표절 예방을 위한 선행 연구의 요약 및 발췌 방법**

1) 자신의 주제와 연관성이 있는 부분을 표시한 후 자신의 논점과 비교하여 요약하기

2) 인용된 내용과 내가 분석한 내용을 구분해서 정리하기

3) 평면적인 내용 요약이 되지 않도록 선행 연구들 간의 차이점과 공통점을 비교 분석하기

4) 인용하고 싶은 특정 구절은 어휘 그대로 표시하고 인용된 문장이라는 표시를 분명하게 하기

5) 꼼꼼히 다시 읽어야 할 부분을 표시하기

6) 인용할 부분을 자신의 논문에 어떻게 사용할지 생각하기

7) 인용할 자료의 서지사항을 요약/발췌 단계부터 정확히 정리해놓기

8) 인용할 내용, 인용할 문장의 시작과 끝 부분을 정확히 표시하기

 선행 연구를 읽는 과정을 자신의 논문 쓰기 활동과 연결시키려면 선행 연구를 중립적으로 평면적으로 읽고 배열하기보다 자신의 논점을 렌즈 삼아 비판적이고 분석적으로 읽어야 한다. 그래야만 선행 연구 검토가 내 연구의 필요성과 생산성을 설득하는 활동으로 연결될 수 있다. 논문은 선행 연구 내용을 비판적으로 분석하여, 그것을 연구주제의 출발점으로 삼아 생산적인 논의를 진행하는 글이다. 따라서 선행 연구의 검토는 내용을 요약하여 옮겨 적는 것이 아니라, 그 내용을 분석적으로 '자기화'해야 한다.

 선행 연구에 함몰되면 자신의 논점을 세운 창의적인 연구가 되기 힘들고, 선행 연구의 충분한 분석적 읽기가 없다면 분과 학문의 맥락 안에 자리 잡지 못하는 독단적인 연구가 될 수 있다. 간혹 선행 연구를 읽다 보면 어떻게 새롭게 연구주제에 접근해야 할지 몰라 당혹감을 느낄 수도 있다. 모든 연구 결과물이 훌륭하게 느껴지고 그에 비해 나의 연구력은 왜소하게 느껴질 수도 있다. 그러나 이런 인지적 어려움을 돌파하여 선행 연구에 함몰되지 않고 비판적 거리를 유지하며 자신의 논점을 구체화하는 것, 그것이 바로 선행 연구를 분석적으로 검토하는 것이다.

최신 박사논문을 읽는 이유

논문을 준비할 때 선행 연구 검토를 위한 자료를 어떻게 찾아 무엇을 선택해야 하는지 판단하기 힘들 수 있다. 선행 연구 검토를 위해 논문을 선택할 때는 우선 자신의 연구주제 혹은 연구내용과 연관된 핵심어를 중심으로 검색하는 것이 좋다.

검색된 논문 중에서 최근 연구부터 검토하기를 권한다. 특히 연구주제가 속한 분과 학문의 논문 중 가장 최근에 제출된 박사학위논문을 찾아 읽는 것이 좋다. 가장 최근에 제출된 박사학위논문의 서론 내용을 자세히 읽고, 연구목적과 연구대상에 접근하는 인식적 방법을 검토하는 것이 논문을 준비하는 데 도움이 될 것이다.

또한 언급된 참고문헌을 검토하는 방법도 추천한다. 참고문헌을 찾아 읽으면서 최근의 연구 동향을 정리할 수 있고, 이로부터 자신의 연구주제 혹은 논점과 관련된 선행 연구의 목록을 구체적으로 구성할 수 있다.

최신 박사학위논문을 참조하는 것은 분과 학문 고유의 학술적 특성을 이해하는 데에도 도움이 된다. 논문의 형식은 공유되는 일반적인 부분도 있지만, 분과 학문의 특성을 반영한 부분도 있다. 모든 분과 학문은 그 분야만의 전형적인 문제와 주제들을 다루기 위해 분과 학문만의 특수한 형식을 발전시키기 때문이다. 분과 학문에 따른 특수한 사유 방식과 글쓰기 방식을 자신의 연구과정, 곧 자신의 논문에 반영하고 논문의 일반적 형식과 결합시키는 것이 필요하다. 분과 학문의 특수한 사유 방식과 글쓰기 방식을 관찰할 수 있는 적절한 자료가 바로 최근에 제출된 박사학위논문이다.

한편 세미나 형식으로 진행되는 대학원 수업을 통해 학계의 관심 논제와 그에 따른 최근의 연구 성과들을 소개받고 검토할 수 있다. 선행 연구의 공과를 혼자 판단하기 어려운 경우에는 세미나를 지도하는 교수의 도움을 받을 수도 있다.

본격적으로 선행 연구 논문을 검토할 때는 다음의 사항을 염두에 두는 것이 좋다. 우선 선행 연구 논문의 서론에서 밝히고 있는 연구목적과 연구방법에 집중하여 그 내용에 질문을 던지며 정리한다. 모든 논문의 서론은 앞으로 논증할 내용을 개관하는 계획서이므로 서론의 내용을 꼼꼼히 살펴 논문의 구조와 맥락을 우선 확인하는 것이 필요하다. 연구목적과 연구방법 혹은 연구대상이 정합적 관계를 맺지 않고 각각 개별적으로 존재하는 논문도 있다. 이 단계에서 논문의 내용이나 구조가 신뢰할 수 없는 것으로 판단되면 그 논문은 더 읽지 않아도 좋다. 세상에 참조할 수 있고 참조해야 하는 훌륭한 논문은 많다. 실망할 것 없다.

서론의 계획이 결론까지 일관되게 관철되고 있는지 서론과 결론을 따로 떼어내어 비교해보는 것도 필요하다. 원대한 포부로 시작된 논문이 용두사미 격으로 끝나거나 새로운 연구방법을 제안했지만 연구결과는 기존 논의에서 나아간 것이 없는 논문도

의외로 많기 때문이다.

　본론에서는 연구방법이 연구대상에 타당하게 적용되었는지, 그리고 그 적용된 내용이 객관적인 설득력을 담보하고 있는지 꼼꼼히 살펴보아야 한다. 본론의 내용이 연구대상에 대한 분석이 아니라 설명이나 기존 연구내용의 다시 쓰기, 옮겨 쓰기, 번역해 쓰기를 한 것에 불과하다면, 왜 그런지 생각해보고 그 문제점을 분석해보는 것도 좋다.

　읽기 자체는 분석적 사고를 강화시켜주거나 창의적 능력을 발전시키지 못한다. 창의적 능력은 스스로가 선행 연구와 적극적으로 씨름하는 가운데 생겨날 수 있다. 유치한 질문이라도 자신의 질문을 만들고 던져봄으로써 선행 연구를 평가함과 동시에 자신의 문제의식을 구체화할 수 있다.

서론　　　논문에서 서론은 글쓴이의 문제의식 혹은 학술적 질문을 제시하는 부분이다. 선택한 연구방법이 연구목적과 타당하게 호응하는지 확인하라.

본론　　　논문에서 본론은 오로지 논증에 집중되어야 한다. 주장, 논거, 상술의 핵심 내용을 정리한 후 그 논리적 정합성을 판단해보라.

결론　　　서론의 논점이 결론까지 일관되게 관철되고 있는지 확인하라. 결론에서 제시된 내용이 기존 논의에서 나아간 생산적이고 유의미한 것인가 확인하라.

참고문헌　　연구를 위해 참조한 선행 연구의 목록을 검토하라. 신뢰할 수 있는 문헌을 통해 주장이 논증되었는지를 확인하라. 논문에서 인용된 자료와 참고문헌의 목록이 정확히 일치하고 있는지 확인하라.

* 위의 내용을 종합하여 논문의 생산적 측면과 문제점을 정리한 후 정확한 출처 사항들과 함께 정리·기록하라.

좋은 선행 연구 검토와
나쁜 선행 연구 검토

서론의 내용에는 선행 연구를 검토한 내용이 포함된다. 선행 연구를 읽고 참조할 내용과 목록을 정리하고 나면, 분석적 시각으로 선행 연구의 내용을 구조화해보는 것이 좋다. 논문의 체제상 서론에 위치한 선행 연구 검토는 자칫 논문의 주제를 전개하는 준비 과정 정도로 이해될 수 있다. 하지만 논문은 철저히 계획을 통해 논리적으로 구조화된 형식과 그 형식 안에 담길 수 있도록 정리된 내용으로 구성된다. 논문의 그 어떤 항목도 계획 없이 진술되는 내용은 없다.

선행 연구 검토 역시 말 그대로 검토 차원의 항목이 아니다. 연구대상에 대한 연구자의 시각이 반영된 내용이 분석적으로 정리된 후, 분석된 내용과 관련된 선행 연구를 찾아 비교하는 데에서 선행 연구 검토가 시작될 수 있다. 그래야만 연구목표와 연구방법도 구체화된다.

다음은 1990년대 초 발표된 석사학위논문으로, 발표 당시에 널리 읽히고 인용되었던 논문의 서론 부분이다. 선행 연구를 연구자의 시각과 전략에 따라 분석하는 한편, 그것을 바탕으로 자신의 논점을 부각시키고 있음을 알 수 있다.

【선행 연구 검토의 예시 1】

『무정』 연구

『무정』에 관한 그간의 논의들은 주로 문학사 기술의 일환으로 행해져왔다. 이들은『무정』을 문학사적 경계의 어느 편에 귀속시킬 것인지의 여부에 따라 ① 크게 둘로 나누어 볼 수 있다.〔분석 1-범주화〕하나는 이광수에게 바쳐진 신문학의 개척자라는 헌사와 동렬에서『무정』을 최초의 근대 장편소설로 간주하는 것,[1] 다른 하나는『무정』을 신소설의 연장에 불과한 것 혹은 저속한 통속소설로 간주하여 그 의의를 부정하는 것[2]이다. ② 전자의 견해는『무정』이 계몽소설적 속성을 지니고 있어 진정한 예술적 성취에는 이르지 못하고 있다는 사실을 지적하면서도,『무정』이 성취해낸 제반 요소들－문체와 주제의식의 근대성, 취재의 현실성, 인물의 성격화, 심리묘사의 확장 등－을 근대 소설이 요구하는 척도와 합치되는 것으로 간주하고, 신소설에 비해『무정』이 본격적인 근대 소설로 평가될 수 있는 근거로 제시한다. ② 후자의 견해는〔집필자의 시각이 반영된 논평〕이러한 척도들을 일부 인정하면서도 그 입론의 방식에 대해 비판적 시각을 견지한다. 즉『무정』을 최초의 근대소설로 평가하는 시각에는, 고전소설과 근대소설 사이의 단절을 주장하며 서구적인 전범만으로 소설의 근대성을 평가하고자 하는 이식문학론의 관점이 전제되어 있음을 비판하고 있는 것이다. 그러므로 후자의『무정』에 계승

되어 있는 기존의 고전소설, 신소설의 흔적들을 강조하며, 『무정』의 서사구조가 신소설과 고전소설에서 반복되는 유형성으로부터 탈피하지 못한 것이라는 점과 관념적 교설 위주의 계몽소설이라는 점을 들어 개화기 소설의 마지막 형태라고 평가한다.

그러나 이 두 가지 견해는 텍스트 자체의 문제성을 치밀하게 점검하지 않은 채, 『무정』을 소설사의 어느 위치에 편입시킬 것인지의 문제에만 관심을 집중시키고 있다는 점에서 각각 ③ 일정한 한계를 보여주고 있다. 〔집필자의 평가〕 전자의 경우, 소설적 근대성의 척도로 제시되는 항목들 – 그것이 후대의 소설들을 전범으로 한 것인지 혹은 서구 소설들을 전범으로 한 것인지는 문제가 되지 않는다 – 을 연역적이고 무반성적으로 나열하면서, 『무정』이라는 텍스트와 그것들을 비교하는 수준에 멈추고 있다. 후자의 견해 역시 이와 같은 수준으로부터 크게 벗어나지 않는다. 단순히 계몽성이 과도하게 노출되어 있기 때문에, 혹은 신소설이나 고전소설과 서사구조적 유사성이 나타나고 있기 때문에 『무정』이 근대소설에 미달일 수밖에 없다는 평가는, 소설의 근대성에 대한 본질적인 물음을 도외시한 상태에서 행해진 일반적인 평가라는 비판을 면할 수 없다.

---

1) 이는 김동인의 「춘원 연구」와 김태준의 『조선소설사』에서 시작되어 해방 이후 백철, 조연현 교수 등의 문학사 기술에 의해 다시 확인되었다. 특히 백철, 이병기 교수의 『국문학전사』와 조연현 교수의 『한국현대문학사』는 몇 가지 유보조항에도 불구하고 『무정』을 최초의 근대 장편소설로 고평하고 있으며, 이러한 견해는 부분적인 수정이 가해진 채 김현, 김우종, 이재선 교수 등

에 의해 반복되고 있다. 김동인, 「춘원 연구」, 『김동인 전집』 8, 홍자출판사, 1968; 김태준, 『조선소설사』, 학예사, 1939; 이병기·백철, 『국문학 전사』, 신구문화사, 1978; 조연현, 『한국현대문학사』, 성문각, 1968; 김현, 「이광수 문학의 전반적 검토」, 김현 편, 『이광수』, 문학과지성사, 1977; 김우종, 『한국현대소설사』, 성문각, 1978; 이재선, 『한국현대소설사』, 홍성사, 1979.

2) 송민호, 성현경, 조동일 교수 등이 이러한 견해의 대표자들이라 할 수 있다. 이들은 『무정』이 다양한 근대소설적 면모를 갖추고는 있으나, 근본적으로 신소설이 개척해놓은 차원에서 크게 벗어나지 않는다고 평가하고 있다. 특히 조동일 교수는 『무정』이 신소설과 다를 바 없는 서사구조를 가지고 있으며, 저속한 흥미만을 노린 통속소설에 지나지 않는다고 하여 그 의미를 부정하고 있다. 송민호, 「춘원 초기 작품의 문학사적 연구」, 『고대 60주년 기념논문집』, 1965; 성현경, 「무정과 그 이전 소설」, 『어문학』 32, 1975; 조동일, 『한국문학통사』 4, 지식산업사, 1986.

출처: 서영채, 「『무정』 연구」, 서울대학교 석사학위논문, 1992.

위 예시에서도 볼 수 있듯이, 선행 연구 검토는 선택된 기존 연구의 내용을 '객관적' 요약이라는 명분으로 표현조차 그대로 베껴 옮겨 적는 행위가 아니다. 선행 연구 검토는 개별적 논문 각각의 내용을 요약 정리하는 것에서 나아가, 분석한 후 종합한 선행 논문들(위의 예시에서 범주화 ①)을 나의 논점의 맥락으로 끌어들이는 활동이다. 따라서 단순한 내용 정리와 요약에 그치는 것이 아니라 그 내용들을 집필한 사람의 시각, 문제의식, 관점을 분석하여 문제점, 장점, 의의, 평가 등을 자세히 설명할 수 있어야 한다(위의 예시에서 ②). 물론 인용한 논문의 서지사항을 정확하게

주석으로 처리하는 것도 잊어서는 안 된다.

　분석적으로 검토한 선행 논문의 내용들을 자신의 논문 주제와 연관시켜 평가하고, 평가의 결과(위의 예시에서는 선행 연구의 한계를 지적한 ③의 내용)로부터 자신의 논문 주제를 전개하기 시작한다. '분석 – 논평 – 평가'의 과정으로 선행 연구를 검토하고, 평가된 내용의 맥락 속에 자신의 주제를 위치시키는 것이다.

　이상의 내용을 또 다른 논문을 예시로 들어 살펴보자. 다음의 예시를 보면 선행 연구 검토가 논문의 전개와 진행에 어떻게 활용되었는지 알 수 있다.

【선행 연구 검토의 예시 2】
《제국신문》 소재 서사적 논설의 논증 방법과 수사적 상황

그간의 《제국신문》의 서사적 논설에 대한 연구는 압도적인 서사적 논설의 숫자에도 불구하고 내용적인 측면에 집중되었던 것이 사실이었다. 〔**기존 연구 경향 비판**〕예컨대 그 계몽적인 성격과 각 서사적 논설이 맺고 있는 관계를 논설을 통해 기술[1]하거나, 젠더적인 측면에 집중하여 《제국신문》이 여성 글쓰기에 미친 영향을 설명하는 양상과 같은 연구[2]들이었다. 〔**비판적으로 검토되어야 할 논문의 선택과 그 내용 요약 정리**〕근대 소설과의 연관 관계를 탐색한다는 점에 있어서는 서사성을 연구하였고, 젠더나 계몽 등의 흐름과 양상 탐구는 논설적인 측면에 집중되었던 것이다. 정리하면《제국신문》소재 서사적 논설의 연구 성과들은 서사성과 그 논설적 측면 중에서 어느 지점에 무게 중심을 두고 연구할 것인가의 문제로 정리, 요약할 수 있다. [선행 연구에 대한 연구자의 비판적 관점과 시각을 다시 한 번 정리]

이에 본고에서는《제국신문》서사적 논설의 논증 과정을 분석하고자 한다. '서사적 논설'이라는 명칭이 내포하고 있는 의미처럼 논증 과정은 서사성에 의해 뒷받침되고 개연성을 인증받을 수 있었다. [선행 연구를 비판적으로 검토한 후 도출된 연구목적 제시] 이러한 논증 과정을 분석하고 고찰하는 것은 근대 계몽기의 담론이 어떤 방법으로 형성되었으며, 그 형성의 근간이 되는 사유가 어떤 것인지를 파악하는 것에 도움을 줄 수 있다. [선행 연구를 생산적으로 보완하는 연구의 필요성을 구체적으로 제시] 또한《제국신문》의 서사적 논설이 기능할 수 있었던 수사적 상황을 함께 검토함으로써 논증 형성의 사회적 역할 역시 파악할 수 있을 것으로 기대된다. 더불어 서사적 논설에서 '서사성'이 지니는 의미를 수사학적 논증 연구를 통해 고찰함으로써 서사적 논설의 문학사적 의미를 재평가할 수 있을 것이라 기대한다. [연구의 기대 효과 제시]

1) 정선태에 의하면, 근대 계몽기 신문 논설이 한자 문화권에서 전통적인 기술(記述)방법으로 자리하였던 '논(論)'과 '설(設)'에서 비롯하였다고 본다. 자기의 의견을 직접적으로 주장하여 서술하는 '논'과 사물에 대한 의견을 진술하거나 의미를 우회적으로 표현하는 '설'이 근대 계몽기 신문에 '논설'이라는 이름으로 재등장하여 계몽의 담론의 척후병 역할을 하였다는 것이다. 특

히 그는 '설'이라는 요소에 '허구성'이 개입한다는 사실에 주목하면서, 근대 계몽기의 신문 논설에 서사성이 수용 가능하였을 것이라고 추측한다. 정선태, 『개화기 신문 논설의 서사 수용 현상』, 소명출판, 1999, 63쪽을 볼 것.

2)   이경하는 《제국신문》에 나타난 여성독자 투고를 분석하면서 그녀들이 근대 계몽담론을 수용하고 재생산하는 양상을 고찰하고 있다. 특히 여성들이 《제국신문》에 투고한 글이 여성들의 자의식이 구체화된 텍스트로 파악하고 있다. 이경하, 「《제국신문》 여성독자투고에 나타난 근대계몽담론」, 『한국고전여성문학연구』 8, 한국고전여성문학회, 2004, 91~94쪽 참조.

출처: 박상익, 「제국신문 소재 서사적 논설의 논증 방법과 수사적 상황:
"이전 파사국에"」, 『제국신문과 근대』, 현실문화, 2014 중에서.

위의 예시 논문에서 검토한 선행 연구 내용과 그 배치를 정리하면 다음과 같다.

기존 연구 경향 비판 → 비판적으로 검토되어야 할 구체적 논문의 선택과 그 내용 요약 정리 → 선행 연구에 대한 연구자의 비판적 관점과 시각을 다시 한 번 정리 → 선행 연구를 비판적으로 검토한 후 도출된 연구목적 제시 → 선행 연구를 생산적으로 보완하는 연구의 필요성 구체적으로 제시 → 연구의 기대 효과 제시

논문의 시작은 이처럼 선행 연구를 꼼꼼히, 그러나 나의 관점에서 검토하는 읽기로부터 시작된다. 선행 연구 검토를 통해 나의 연구목적을 분과 학문의 학술적 맥락 속에 생산적으로 설정

할 수 있으며, 그 필요성과 기대 효과도 효과적으로 설득할 수 있다. 선행 연구와 차별화되는, 선행 연구에서 진전된 나의 연구주제를 설득할 수 있는 것이다.

다음의 예시글은 논문을 준비하는 대학원생이 정리한 선행 연구 검토의 글이다. 선행 연구를 선택한 논점이 제시되어 있지 않아 선행 연구를 임의로 선택한 듯한 인상을 주고, 선택한 선행 연구의 주장을 자기 논점화하지 못한 채 단순 정리, 요약해 진술이 평면적이다.

【선행 연구 검토의 잘못된 예 1】

외국인 근로자를 대상으로 한 취업교육에 대한 연구로는 A와 B의 연구를 들 수 있다. A는 사전교육에서 한국어교육과 기능습득교육에 많은 비중을 두어 교육할 필요가 있고 취업교육에서는 실질적인 한국문화에 대한 이해에 좀 더 많은 비중을 둠으로써 한국의 생활관습 및 작업장의 문화 등에 대하여 익힐 필요가 있다고 주장하였다. B는 취업 교육과정의 장기화가 필요하다고 주장하였다. 또한 한국어와 한국문화 교육에 관한 선행 연구로 C, D, E 등의 논문이 있다. 이 중 C는 외국인 노동자의 한국어 문화능력 향상을 위하여 학습자와 한국어 화자와의 문화 간 의사소통의 갈등 및 문제점을 찾고 그 해결책을 제시했다. 그 외 외국인 근로자의 한국어 교육에 대한 요구를 분석한 F, 외국 근로자를 위한 한국어 교육의 방향을 제시한 G,

이주노동자의 한국어 교육 현황과 교육 자료를 분석한 H 등의 논문들을 들 수 있다.

위의 예시글에서 언급된 선행 연구 내용을 정리하면 다음과 같다.

1) 외국인 근로자를 대상으로 한 취업교육에 대한 연구(A, B)
2) 한국어와 한국문화 교육에 관한 연구(C, D, E)
3) 외국인 근로자의 한국어 교육에 대한 요구를 분석한 연구(F)
4) 외국 근로자를 위한 한국어 교육의 방향을 제시한 연구(G)
5) 이주노동자의 한국어 교육 현황과 교육 자료를 분석한 연구(H)

선행 연구는 위와 같이 다섯 가지 항목으로 정리할 수 있다. 하지만 다섯 가지 항목으로 정리된 선행 연구를 선택한 기준 혹은 공통적으로 관통하는 기준, 즉 선행 연구를 언급함으로써 드러내고자 하는 논점을 알기 어렵다. 나의 논점을 기준으로 판단되고 평가되어야 할 의미와 한계를 정리해내야만 선행 연구를 검토하는 목적이 분명해진다.

일반적으로 논문의 서론에는 하위 범주로서 선행 연구 검토라는 항목이 설정되어 있다. 선행 연구 검토가 논문 작성에서 차지하는 중요성을 반영하는 것이다. 그런데 최근 일부 논문 중에서는 선행 연구의 검토라는 항목이 생략되어 있는 경우가 있다. 이런 경우 연구주제가 위치한 학술적 맥락을 판단하기 어렵고, 기존 연구와의 관계 속에서 논문의 유의미성과 생산성을 판단할 수 없으며, 나아가 중복 연구의 혐의를 피할 수 없다.

간혹 새로운 연구주제이기 때문에 선행 연구를 찾을 수 없다고 불평하는 학생이 있는데, 이는 논문 형식으로 규정된 선행 연구 검토의 의미를 잘못 이해한 경우라고 할 수 있다. 논문에서 요구되는 선행 연구 검토란 나의 연구주제를 맥락화하기 위한 것이다. 말하자면 아무리 새로운 연구주제라 해도 그 연구주제와 연관된 기존의 연구내용은 반드시 존재한다는 것이다. 그러므로 선행 연구 검토는 나의 연구주제와 일대일로 대응되는 내용에 한정되는 것이 아니라, 내 연구주제의 배경, 내 연구주제의 생산적 위치, 내 연구목적의 유의미함 등을 확인하고 제시할 수 있는 기존의 선행 연구 모두를 대상으로 이루어져야 한다. 만일 나의 연구주제가 기존의 연구내용과 연관되는 맥락이 없다면, 그것은 학계의 연구 패러다임을 초월할 만큼 독창적이거나 연구목적의 생산적 의미를 찾을 수 없을 허무맹랑한 것일 수 있다.

【선행 연구 검토의 잘못된 예 2】

이제껏 'A'를 소재로 한 설화에 관한 연구는 전무하다. 한국문화의 중요한 특성을 반영하는 A설화라는 서사장르가 어떤 특성을 지니며, 그것이 어디에서 전래되었고, 또 그 속에는 우리 조상들의 어떤 생각이 녹아 있는가 하는 문제는 아직까지 논의되지 않고 있다. 따라서 본 연구는 한국의 A설화가 지니는 본질과 의의를 해명하고, 문화콘텐츠의 원천 소스로서 A설화가 활용될 수 있는 가능성과 스토리텔링 전환 방안을 연구하기 위해 마련되었다.

A설화의 본질을 해명하는 작업은 한국민족이 몇 천 년 동안 창출하고 전승해 온 설화들 가운데 A를 소재로 한 독특한 성질을 파고 들어가 밝히는 것을 의미한다. 한국의 A설화는 예로부터 다양하게 전해지고 기록되어왔다. 하지만 불행히도 A설화에 대한 연구는 전무한 상태라고 해도 과언이 아니다. 이에 본 연구자는 A설화를 연구하고 소개함으로써 설화의 기존 인식과 문학사적 가치에 다양함을 더하고자 한다.

또한 전통문화의 콘텐츠화 개발이 확충되고 있는 시점에서 A설화의 스토리텔링 전환 방안을 제시하여 우리 민족의 문화, 역사를 투영한 A설화의 활용성을 알리고자 한다. 지금까지 A설화와 관련된 연구 자료는 미비한 상태이며, 국내에서 A설화와 관련한 학위논문은 아직 발표된 바가 없다. 따라서 본 연구는 한국 설화집 및 국내 A 관련 고서와 관련 문헌들에 수록되어 있는 A설화를 중심으로 전반적인 특징을 분석하고, 스토리텔링과 문화 콘텐츠 관련 연구 중에서 설화 및 전통문화를 기반으로 한 자료를 수집하여 비교·분석하는 방식으로 연구를 전개하고자 한다.

연구계획 단계에서 작성된 위의 예시글은 반복적으로 선행 연구가 없다는 점을 강조하고 있다. A설화에 대한 연구가 전무하기 때문에 연구가 절실하다는 점이 강조된다. A설화에 대한 연구가 존재하지 않는다는 사실로부터 연구목적과 목표, 연구내용과 방법이 선택된다. 하지만 A설화에 대한 연구가 존재하지 않기에 그것을 연구한다는 것은 연구목적으로 설득력이 약하다. 무엇보다도 선행 연구가 없으므로 연구를 진행하겠다는 접근 태도는 논문의 내용을 구성할 때 학술적 생산성을 지닌 연구목적과 목표, 내용과 방법으로 구조화되기 어렵다. 논문 쓰기의 초기 단계에 속하는 선행 연구 검토에서 이런 문제점을 염두에 둔다면 논문을 진행하다 수정을 위해 시간을 낭비하지 않고 연구 일정을 효율적으로 관리할 수 있다.

이런 경우 연구된 사례가 없어 연구를 해보겠다는 자세보다는, 선택한 연구대상을 분석하여 그 연구대상이 지니는 가치를 설득하는 연구목표를 설정하는 것이 좋다. 그러기 위해서는 연구자가 연구대상에 대해 분석적으로 정리한 내용을 가지고 있어야 한다. 하지만 앞서의 글에서는 연구대상인 A설화에 대해 "한국문화의 중요한 특성을 반영하는 A설화", "한국의 A설화가 지니는 본질과 의의", "A를 소재로 한 독특한 성질"이라고만 진술되어 있다. 이런 진술은 분석적 내용이라기보다 포괄적이고 막연한 내용 없는 수사에 가깝다. 자칫 연구대상에 대한 천착이 부족한 것으로, 곧 논문 준비가 부족한 것으로 비춰질 수도 있다.

아직 연구대상인 A설화에 대해 구체적인 기초 정보를 정리하지 못했고 나아가 연구대상에 대한 연구자만의 관점도 구축되어 있지 않다는 인상을 주는 것이다.

선행 연구를 검토할 때는 기존의 선행 연구들 중에서 언급한 논문들을 선택한 이유를 일정한 기준으로 범주화하여 제시하는 것이 좋다. 이때 공통점이나 차이점을 중심으로 정리하고 범주화하는 것도 방법이 될 수 있다. 더불어 선택한 연구의 공통점 혹은 차이점을 나의 관점에서 비판적으로 정리하고, 그런 내용이 지니는 학술적 의의를 진술한 후, 그 분석의 내용을 바탕으로 내 연구주제가 지니는 의의를 설득하면 좋다.

논문의 힘 요약노트

- 논문 '쓰기'는 선행 연구를 검토하는 '읽기'에서 시작된다.

- 논문의 주제는 선행 연구와의 차별성이 있어야 분과 학문의 발전에 이바지할 수 있다.

- 선행 연구 검토를 생략하거나 선행 연구를 다시 쓰기한 정도의 연구는 중복 연구 혹은 표절의 덫에 빠질 수 있다.

- 선행 연구 '읽기'가 논문 '쓰기'로 연결되기 위해서는 선행 연구를 중립적·평면적이 아니라 비판적·분석적으로 읽어 '자기화'해야 한다.

- 효과적인 선행 연구 검토를 원한다면 최근 연구부터 검토하라. 최신 박사학위논문과 그 참고문헌을 참조하는 것이 좋다.

4장

새로운 논문은
서론에 달렸다

서론은 논문의 설계도

모범생이었던 동룡은 논문을 준비하는 단계에서도 동기들보다 앞서 나갔다. 논문 주제도 일찌감치 확정해, 아직 논문 주제를 정하지 못한 동기들이 전전긍긍할 때에도 동룡은 이미 논문을 쓰고 있었다. 노트북을 앞에 두고 열심히 자판을 두드리는 동룡의 모습은 동기들에게는 부러움의 대상이었다. 논문이 잘 진행되어서인지 지도교수를 찾아가는 일도 거의 없었다. 꽤 많은 양의 A4 용지가 책상 위에 쌓여가는 동안 동기들은 동룡이 가장 먼저 논문을 완성하고 심사에 통과할 것이라고 믿어 의심치 않았다. 논문 발표회 일주일 전, 동기들이 밤잠을 설치던 그날에 동룡은 제본까지 마친 논문 초고를 들고 처음으로 지도교수의 연구실을 찾았다. 지도교수를 만나고 돌아온 동룡은 논문 발표회에 나타나지 않았다.

동룡의 지도교수는 동룡이 준비한 글의 서론만 읽고도 단박에 논문이 구성될 수 없음을 알아챘다. 지도교수는 우선 주제의 범위를 한정해 구체화해야 한다고 지적했고, 주제를 구체화하기 위해 고군분투했던 동룡은 결국 그동안 썼던 글을 버리고 다시 쓰는 것이 낫다는 것을 알게 되었다. 동룡은 스스로 열심히 논문을 준비하고 있다고 생각했지만, 실제로는 구체화하지 못한 주제가 포괄적으로 확장되면서 주제와 상관없는 내용을 채우는 데 많은 시간을 보낸 것이다. 늘 성실하고 열심이었던 동룡은 왜 자신의 글이 주제에서 벗어나 방만하게 확장되는 것을 알 수 없었을까.

학술논문은 논리적 연관 속에서 구체화되는 정보를 일정한 사유 형식을 통해 지식으로 구축하는 글이다. 곧 학술논문은 논리적 연관을 조직하는 치밀한 계획을 세워야만 실현 가능한 글이다. 이때 **논문의 서론은 논문의 전체 계획을 보여주는 설계도**이다. 서론은 논문 작성에서 가장 많은 시간이 할애되는 핵심적인 부분이라는 말이다. 실제 서론이 구성되면 논문의 반 이상을 썼다고 생각해도 무방하다.

글을 쓰는 과정은 순차적이라기보다 '순환적'이다. 글쓰기는 순서에 따라 순차적으로 진행된다기보다, 글을 써나가는 과정에서 앞의 과정으로 다시 돌아가 글을 점검할 수 있다는 의미에서 순환적이다. 이는 서론이 본론과 맺는 관계에도 적용된다. 논문의 서론 역시 논문의 완성과 함께 비로소 완성된다. 곧 논문의 서론은 본론을 쓰는 과정에서 수정될 수 있다. 논문의 서론은 설계도이고 설계에 따라 본론의 내용이 진행되는 것이지만, 개략적 계획이 본론에서 구체화될 때 생길 수 있는 논리적 틈새, 설명이나 논증 불가능한 부분은 지도교수와 상의하여 서론을 수정하고 다시 본론을 정리함으로써 극복할 수 있다.

하지만 본론의 집필 과정에서 서론을 수정하는 것은 큰 부담이 아닐 수 없다. 그러니 서론이 탄탄하게 계획될수록 본론을 더 빨리 매끄럽게 쓸 수 있다. 반대로 서론이 확정되지 않은 상태에서 급한 마음에 본론을 서술하게 되면, 논문이 진행되지 않는 난관에 봉착할 수 있다.

또한 구체적인 계획 없이 본론을 서술했을 때 자칫 내용이 통제할 수 없이 확장되거나 주제의 일관성을 유지하기 힘든 상황에 처하기도 한다. 아무리 세밀하고 구체적인 서론을 계획했다 하더라도 본론을 구체적으로 서술하면서 예상치 못했던 논리적 틈새를 발견할 수 있다. 이러한 상황을 방지하기 위해서도 계획 단계인 서론에서부터 내용을 되도록 구체적으로 기술해보는 것이 중요하다.

서론은 논문 전체로 볼 때 적은 분량을 차지하기 때문에 서론을 수정하는 것이 시간 면에서 상대적으로 경제적일 수 있다. 만약 본론까지 썼다가 서론을 수정하게 되면 앞서 A의 경우처럼 서론과 본론까지 포함하는 전면적인 수정이 불가피하다. 하지만 서론이 구체적이고 세밀하게 계획되어 있는 경우 본론을 서술하다가 수정이 필요한 경우에도 그 수정 분량이 상대적으로 부분적인 것에 한정된다.

논문을 효율적으로 쓰려 한다면, 서론에서 요구되는 내용들의 정합적인 관계에 집중하여 여러 번 수정해 탄탄한 계획도를 마련하는 것이 좋다.

서론에 숨어 있는 구조

● 논문 주제는 '핵심어-주제-주제문-서론-목차'의 논문 형식을 통해 구체화되고 구조화된다.

논문의 서론은 단순히 글의 앞머리라는 의미에서 벗어나 꼭 들어가야 하는 내용이 배치되어야만 '서론'으로서의 성격을 드러낼 수 있다. 서론은 주제로부터 확장된다. 앞서 설명한 것처럼 주제의 형식은 'A의 B'이다. 여기서 A는 연구대상, B는 연구의 관점, 시각, 문제제기(연구목적)에 해당한다. 서론은 이러한 주제의 형식을 내용상 구체적으로 보충 설명하는 부분에 해당한다. 논문의 주제는 서론으로 확장되고 그 구체적 내용은 목차를 통해 항목화된다. 그리고 핵심어들은 그러한 내용을 드러내는 구체적인 것들로 선택된다. 이러한 연관 관계를 간략하게 정리하면 오른쪽의 표와 같다. 내 주제를 표의 항목에 맞추어 서술해보면 주제를 구체화하는 데 도움을 받을 수 있다.

서론은 연구대상과 연구목적, 그리고 연구대상을 통해 연구목적을 구현할 수 있는 방법을 상술하는 부분이다. 서론에서는 연구대상과 연구목적, 연구방법을 구체적으로 상술하는 한편, 이 각각의 요소가 맺는 연관성을 설득력 있게 설명해야 한다. 연구대상과 연구목적, 그리고 이 둘 간의 관계를 연관시키는 연구방법은 논문의 논리적이고 과학적인 성격을 보증하는 세 가지 핵심적 요소이다. "본 연구에서 CIS 동포를 연구대상으로 선택한 이유는 CIS 동포에 대한 논의 자체가 수적으로 부족하기도 하지만 그에 대한 주제가 한국어 교육의 차원에서 논의될 필요가 있기 때문이다"라는 진술을 보자. 연구대상인 CIS 동포와 한국어 교육의 차원에서 요구되는 논의 내용을 연관 짓는, 논문을 쓰는 사람의 시각이 부재하기 때문에, 결국 기존에 충분한 논의가 이루어지지 않았기 때문에 고찰하려 한다는 정도에서 연구목적이 설정된다. '산이 있으니 오른다'는 식의 연구목적이 매혹적일 수 없음은 당연하다.

● 주제, 서론, 목차를 통해 주제 내용을 구체화하기

주제	A의 B
주제문	A는 B이다
서론	A(연구대상) B(연구목적) A×B(대상과 목적을 연관시키는 인식의 방법, A와 B의 관계 혹은 상관성) C(기술의 방법, 논증을 위해 초점화된 구체적 내용)
목차	C의 구체적 항목화
핵심어	A, B, C의 내용을 구성하거나 그에 속하는 구체적 내용

논문은 세상을 더 좋게 만들기 위해 해결해야 할 공공의 문제를 제시하고 그 해결책을 모색하는 글이다. 논문처럼 문제해결을 위해 쓰이는 글은 대개 서론-본론-결론이라는 세 덩어리로 나누어 구성한다. 이는 서론-본론-결론의 성격이 분명해야 한다는 것을 의미한다. 곧 서론은 문제(주장, 관점, 입장)의 제시, 본론은 제시된 문제(주장, 관점, 입장)의 논증, 결론은 서론과 본론의 내용을 요약, 정리, 확인하는 내용으로 기술된다. 특히 서론은 글쓴이의 문제(주장, 관점, 입장)가 효과적으로 제시될 수 있도록, 기술해야 할 구체적 세부 내용이 규약으로 정해져 있다. 다음은 서론을 구성하는 구체적 세부 내용을 공식처럼 정리한 것이다.

● **서론을 구성하는 세부 내용**

---

1) **연구 목적**

  * 본 논문에서는 ~~하려 한다. (연구 목적)

  * ~~한 연구의 필요성이 대두되고 있다. (연구의 필요성)

  * 오늘날 ~~한 상황이다. (연구 배경)

2) **연구 대상**

  * 이에 본 논문에서는 ~~을 살펴보려 한다.

3) 선행 연구 검토

* 지금까지 ~~관련 연구는 ~~한 상태이다. (나의 주제와 관련된 선행 연구 선택)

* 선행 연구에서는 ~~ 부분이 오류이거나 부족하다. (선행 연구의 비판적 분석)

4) 나의 주제 맥락화

* 따라서 새로운 접근 혹은 연구가 필요하다.

* 이에 본 논문에서는 ~~을 살펴보려는 것이다.

5) 연구 문제 혹은 연구 내용

* 위와 같은 문제의식에서 본 논문에서는 다음과 같은 연구 문제 (연구 내용)를 설정한다.

* 본론에서 논증할 내용 간략 요약 제시 → 목차의 본론 항목

6) 연구 방법

* 위와 같은 연구 문제를 고찰하기 위해 본 논문에서는 ~~한 연구 방법을 도입한다.

* 본 연구는 ~~한 제한점을 지닌다.

7) 기대 효과와 연구의 의의 혹은 연구의 한계

* 본 연구는 ~~한 결과를 도출했지만, ~~한 한계를 지닌다. →

결론 내용

서론은 연구목적을 도전적으로 제시하는 데에서 시작된다. 물론 연구대상을 먼저 제시하기도 하고 혹은 연구목적과 연구대상이 함께 설명되기도 한다. 이는 연구내용을 구조화하는 논문 각각의 전략에 따라 다르다. 앞 장에서 예로 들었던 서영채의 석사학위논문을 통해 이러한 관계를 확인해보자.

【논문 서론 예시 1】

이 논문의 일차적 관심은 『무정』이라는 텍스트를 통해 근대소설의 존재방식과 역사적 맥락을 읽어내는 것이다. 〔**연구목적**〕 한국 소설사에서 『무정』(1917)은 고전소설과 개화기 소설들의 바로 다음 자리에, 그리고 1920년대 소설들의 앞자리에 놓여 있다. 『무정』의 앞뒤에 놓여 있는 이 두 소설군은 다양한 측면에서 매우 현격한 차이를 보여주고 있어, 여러 연구자들에 의해 소설의 근대성을 평가하는 중요한 지표로 언급되어 왔다. 따라서 ① **양자의 중간 지점에 놓여 있는 『무정』은 단순히 시간적인 위치만으로도 소설사의 한 결절점에 놓여 있다고 할 수 있을 터인데, 바로 이러한 위치의 특수성이 『무정』의 소설사적 위상에 관한 논란을 야기시켜왔다.** 『무정』을 근대소설에로의 이행기의 산물이라 할 개화기 소설들과 같은 맥락에서 파악할 것인지, 아니면 20년대 소설사의 일부로 편입시켜 본격적인 근대소설로 간주할 것인지의 여부가 그것이다. [연구대상]

이것이 단지 문학사 기술의 편의를 위한 시대 구분의 문제에 국한되는 것이라면 별반 큰 문젯거리일 수는 없을 것이다. 그러나 그것이 소설의 근대성을 가늠하고 평가하는 일, 즉 근대소설과 근대 이전의 소설을 구분해내는 일과 결부된 문제라면, 논의는 보다 심각하고 또한 복합적일 수밖에 없다. 소설의 근대성에 대한 물음은 그 자체로서도 다양한 층위의 시각과 척도를 지닌 것일뿐더러, 그 가운데에는 근대와 소설의 본질에 대한 질문이라는, 여전히 유동적이고 완결되지 못한 문제가 자리하고 있기 때문이다. 그러므로 소설적 근대와 전근대의 경계에 애매하게 자리하고 있는 『무정』은 근대와 소설의 관계, 곧 우리 소설의 근대성을 탐색하는 하나의 시금석의 의미를 지닌다. 그리고 이것이 『무정』을 분석 대상으로 선택한 이 글의 궁극적인 관심이기도 하다. [연구목적과 연구대상의 연관성]

출처: 서영채, 「『무정』 연구」, 서울대학교 석사학위논문, 1992.

위의 글은 예시 논문의 서론 부분으로, 연구목적과 연구대상을 설명하고 있다. 주목할 점은 연구대상인 이광수의 소설 『무정』을 제시하면서 그에 대한 '정보'를 객관적이고 중립적으로 나열하거나 설명하지 않는다는 점이다. 오히려 적극적으로 이광수의 소설 『무정』이 국문학사에서 차지하는 문제적 지점을 제시하고 그 내용을 분석하고 있다. 곧 연구대상이 속한 분과 학문에서 연구대상이 차지하는 특수한 위치와 맥락을 자신의 논점, 시각, 관점, 입장을 통해 분석하는 것이다. 설명 ①이 그에 해당한다.

나아가 『무정』을 연구대상으로 삼는 것이 논문의 연구목적과 어떻게 연관 맺는지를 설명하고 있다. 곧 설명 ②에서 『무정』이라는 작품이 지닌 특이한 문학사적 위치가 "근대와 소설의 관계, 곧 우리 소설의 근대성을 탐색"하려는 연구목적을 구현하는 데 효과적이라는 점을 설득하고 있다.

이처럼 분석하고 연관 짓는 내용이 곧 연구자의 시각이자 대상에 대한 독자적인 인식이다. 논문에 속한 모든 문장, 내용, 구조는 논문을 쓰는 사람의 생각, 논점, 시각, 관점, 입장을 통해 구성되고 배치되어야 한다. 곧 논점화된 것이어야 한다. 사람들의 생각이 모두 다르듯, 동일한 연구대상에 대해서도 서로 다른 연구 논문들이 생산될 수 있는 것은 그 때문이다.

서론에서 가장 중요한 부분은 논문을 쓰는 사람의 연구대상에 대한 인식 방법을 드러내는 A×B 부분이다. 흔히 연구방법론으로 이해되는 A×B 부분은 논문의 주제에 따라 각각 다른 내용으로 구성될 수 있다. A×B를 피상적으로 이해하면 특정 연구방법론을 소개하는 것으로 수용되기도 한다. 그런 경우 A×B에 해당하는 부분에는 특정 연구방법을 소개하는 차원에서 설명적으로 진술된다. 거듭 강조하지만 논문은 논점화를 통해 논문 구성

요소들의 관계를 기술하는 지식 구성의 글쓰기이다. 이때 정보들의 관계를 논리적으로 '엮어내기' 위해 필요한 전제, 시각, 관점, 방법론을 설득하는 부분이 A×B에 해당한다. 가장 간단하게는 연구대상과 연구목적을 매개하는 기능을 한다. 곧 A×B를 통해 연구목적을 드러내기 위해 선택한 연구대상을 고찰할 때 왜 이러이러한 방법을 취해야 하는가를 설명하는 식이다.

A×B는 어찌 보면 논문에서 글쓴이의 논리적 인식이 가장 첨예하게 드러나는 부분이다. 논점이 빈약하고 설득력이 부족한 논문은 대개 A×B의 설명이 생략되어 있는 경우가 많다. A×B 부분이 생략된 논문은 논리의 밀도가 떨어지기 쉽고, 본론의 논증이 제대로 작동하지 못할 수 있고, 대부분 평면적 진술이나 서술로 귀결되는 경우가 많다.

논문의 구성 요소들을 엮어내는 기능이 작동하지 않으면 그 각각을 개별적으로 설명하게 되고, 그런 경우 요소 간 관계를 드러낼 수 없기 때문에 설득력 있는 논문으로 구성되기 쉽지 않다. 잘 짜인 논문의 경우 A×B가 설득력 있게 설명된다. 다음의 예시 논문에서도 '전제와 시각'이라는 항목으로 이에 해당하는 내용을 찾을 수 있다.

본격적인 논의를 시작하기에 앞서 몇 가지 전제들과 논의의 방향을 검토해보자.

첫 번째 전제는 분석 대상으로 선택된 텍스트를 그 자체로서 완결된 것 혹은 유기적 통일성을 갖춘 완벽한 작품으로 간주하지 않는다는 점이다. 이것은 한 편의 소설 텍스트를, 창조적 동기나 의도에 의해 단일하고 순정하게 구현된 통일체가 아니라, 특정한 역사적 조건들에 의해 생산된 복합적인 구성체(formation)로 간주한다는 것을 의미한다. …중략… 이것은 규범적 비평(normative criticism)의 오류로부터 벗어나기 위한 방책이다. 한 편의 소설을 두고 이러저러한 점에서 결함이 있는 작품이라고 지적하는 일은 불필요하거나 무의미한 일이다. 소설의 결함은 그 결함을 재는 척도로서 규범을 필요로 하며, 규범이 존재하는 한 모든 작품은 불완전할 수밖에 없기 때문이다. …중략… 이런 점을 염두에 둔다면 『무정』을 놓고 서사적 우연이 등장하며 작중인물의 성격에 통일성이 부족하다는 점, 또한 전지적 시점에 의해 서술되고 있으며 계몽적 교설이 작품의 전면에 등장하고 있다는 점 등을 들어 근대소설의 결격 사유에 해당한다는 식의 비판은 그 자체로서는 무가치한 일이라 할 것이다. 이러한 가치평가의 척도들이 지극히 상대적인 것에 불과할 뿐만 아니라, 텍스트 분석에서 보다 중요한 것은, 규범을 설정하고 그것을 척도로 텍스트의 불완전성을 지적하는 일이라기보다, **텍스트에서 발견되는**

균열과 불일치의 필연성을 텍스트 생산의 역사적 조건들을 통해 해명하는 일일 것이기 때문이다.

출처: 서영채, 『『무정』 연구』, 서울대학교 석사학위논문, 1992, 4~5쪽.

위의 예시글에서는 연구대상인 『무정』이 포함되는 소설 텍스트에 접근하는 글쓴이의 기본적인 전제가 설명되는데, 바로 그로부터 이 논문에서 수행할 구체적인 분석 방법이 도출된다. 즉 일정한 규범에 따라 텍스트를 가치평가하는 분석 방법은 따르지 않을 것이며, "텍스트에서 발견되는 균열과 불일치의 필연성을 텍스트 생산의 역사적 조건들을 통해 해명"해보겠다는 것이다.

이런 내용을 다음의 예시와 비교해보면 그 질적인 차이를 확연히 구분할 수 있다. A×B를 진술하는 것과, A와 B를 각각 임의대로 진술하는 것은 인식상의 큰 차이를 드러낸다.

【논문 서론 쓰기의 잘못된 예】

이에 본 논문은 비교방법 중 최대유사체계분석을 이용해서 2006년과 2009년의 두 차례 북한 핵실험에 대한 중국의 인식상의 차이점을 찾으려 한다. 중국의 인식을 살펴볼 때에는 주로 정부 인식과 싱크탱크(think tank) 인식으로 나누어 고찰할 것이다. 특히 싱크탱크에 대해 연구할 때 다섯 가지 중국 현지 출판된 학술지를 수집하고 내용 분석을 실시할 것이다. 본 논문에서 선택된 학술지는 다음과 같다.『현대국제관계(現代國際關係)』는 중국현대국제연구원에서 발간하는 국제문제연구의 종합적인 학술지이다. 이 학술지는 국제전략 문제, 국제 현황과 국제관계이론을 주목하고 세계 각 지역의 정치, 외교, 경제와 사회 이슈에 대해 최신적인 학계 연구 성과를 발표하는 국제관계 연구 영역에서의 권위적인 학술지이다. …중략… 이상 살펴본 것과 같이, 본 논문에서는 이상 다섯 개의 학술지 내용을 분석하여 북한 핵문제에 대한 중국의 싱크탱크 인식을 살펴볼 것이다.

위의 예시글은 논문을 준비하는 학생이 쓴 글이다. 연구목적과 연구대상, 연구방법이 평면적으로 기술되어 있다. 이 글의 서론을 밀도 높게 구성하기 위해서는 오른쪽 예시의 수정 사항처럼 연구목적, 연구대상, 연구방법이 상호 연관적으로 설명되어야 한다.

【수정 예시】

본 논문은 북한의 2차 핵실험에 따른 중국의 인식 변화를 고찰하기 위한 방법으로 최대유사체계분석을 이용, 2006년과 2009년의 두 차례 북한 핵실험에 대한 중국의 인식의 차이점을 찾아보려 한다. 최대유사체계분석은 _____ 이다. **〔분석방법에 대한 간략하고 핵심적 내용 설명 필요〕** 본 논문에서 최대유사체계분석을 분석방법으로 선택한 이유는 _____ 이다. **〔논문의 목적과 선택한 방법의 논리적 상관성인 A×B 서술 필요〕** 또한 중국의 대 북한 인식 변화의 내용은 정부 인식과 싱크탱크 인식으로 나누고 살펴보려 한다. 이처럼 인식 변화의 내용을 나누어 살펴보려는 이유는 _____ 이다. **〔구분하여 고찰하려는 이유 설명 필요〕** 특히 싱크탱크를 고찰하기 위해 본 연구에서는 다섯 개의 중국 현지 출판 학술지의 내용을 분석하려 한다. 다섯 개의 학술지를 선택한 이유는 _____ 이다. **〔연구대상 선택의 이유 설명 필요〕**

좋은 목차와 나쁜 목차

연구목적과 연구대상, 연구방법을 서술한 후, 서론의 말미에는 본론에서 다룰 구체적인 내용을 간략하게 소개한다. 이를 항목으로 만들어 별도로 정리한 것이 목차이다. 목차를 통해 전개될 전체 내용을 일목요연하게 설명하는 동시에 글쓴이의 인식구조도 드러낸다. 다음의 논문 예시와 이에 따른 목차 예시를 살펴보자.

【논문 목차 예시】
한국 근대계몽기 신연극 형성 과정 연구

위와 같은 문제의식과 관점, 방법에 기초하여, 본 논문에서는 근대계몽기의 연행이 사회 문화적 환경과 교섭하며 분화 배치되는 과정을 다음과 같은 차례로 검토하려 한다.

　본 논문의 Ⅱ장에서는 근대계몽기 연행이 본격적인 연희와 연극으로 분화되기 이전, 특정한 관객과 정해진 공간이 없이 불특정 다수의 사회구성원을 대상으로 수행되었던 스펙터클(구경거리)의 사회문화적 기능을 우선 살피려 했다. 이를 통해 단순한 구경거리인 스펙터클이 지니는 사회적 스펙터클로서의 의미와 기능을 고찰했다. …중략…

Ⅲ장에서는 무언가가 보여지는 특정한 장소(Schauplatz)인 (가설)무대의 등장과 함께 연희가 형성되는 과정을 살펴보았다. 공동체의 스펙터클이 계몽의 기획 안에 포섭되어 계몽 담론을 실천하는 데 일조했다면, '연희장', '연극장', '희대(戱臺)'라고 지칭되던 (가설)무대를 바탕으로 배치된 다양한 연행의 양식들은 유희적 지향점을 지닌 공연예술로 구성된다. …중략…

출처: 김기란, 「한국 근대계몽기 신연극 형성 과정 연구」,
연세대학교 박사학위논문, 2004.

목차를 구성할 때는 내용의 배치(순서), 순서를 연결하는 논리적 연관(인식 구조), 포함된 내용의 범주 관계(위계 구조)를 고려해야 한다. 이 세 가지 항목을 고려할 때 일반적으로 사용되는 목차 구성법은 다음과 같다.

특수에서 일반으로 일반화하는 귀납적 구성, 일반에서 특수로 구체화하는 연역적 구성, 논증을 위한 구성, 동일한 관점 혹은 가치에 따른 대등한 배치의 구성, 정해진 표준에 따른 구성 등이 그것이다.

● **목차 구성법**

특수–일반	특수한 내용을 일반적인 내용을 보편화하는 구조
일반–특수	주제를 일반적인 내용에서 그에 속하는 특수한 내용으로 구체화하는 구조
논증 구조	주장을 논증하기 위한 구조
대등 구조	내용을 동일한 가치에 따라 대등하게 배열한 구조
표준 구조	IMRAD처럼 연구보고를 위해 정해놓은 형식을 지닌 구조

물론 목차는 단 한 번에 구성될 수 있는 것이 아니다. 여러 번의 수정을 거쳐 최적의 목차가 구성되겠지만, 목차를 구성하는 기본 원칙을 이해한다면 수정 과정을 최소화할 수 있다. 간혹 '서론–

본론 – 결론'을 목차로 이해하는 경우가 있는데, '서론 – 본론 – 결론'은 목차의 가장 간략한 '거시 구조'일 뿐, 대부분의 글은 시작과 중간과 끝으로 구성되므로 '서론 – 본론 – 결론'의 거시 구조가 목차로서 큰 의미를 지니지는 못한다.

논문에서 요구되는 목차는 시작과 중간과 끝의 의미를 지니는 거시 구조가 아니라, 구체적인 내용과 그 논리적 전개 과정을 하위 구조로 정리한 '미시 구조'이다. 따라서 거시 구조에 속하는 서론, 본론, 결론 각각은 하위 표제(소제목 곧 소주제)를 통해 완결된 의미 단위를 갖고 있는 미시 구조로 분화하거나 범주화해야 한다. 이때 거시 구조와 미시 구조의 관계, 전달하려는 내용의 포함 관계도 함께 고려해야 한다.

논문의 계획 단계에서부터 목차의 하위 표제(소제목, 소주제)를 구성하고 작성하는 것이 좋다. **잘 짜인 목차(구조)는 글쓰기를 곧 시작할 수 있게 만들어준다.** 목차의 내용은 주제의 일관성을 유지해야 하고, 그 내용이 분화된 목차의 하위 표제는 범주 관계를 고려하여 설정해야 한다. 다음의 예시를 보자.

【잘못된 목차 예시 1】

  1. 서론

  2. 광고 은유의 개념과 기능

      2-1. 은유의 개념

출처: 가톨릭대학교 교양교육원, 『대학생을 위한 학술적 글쓰기』,
아카넷, 2009, 181쪽의 내용을 변형.

위의 예시에서 제2장의 상위 범주와 제2장 1절의 하위 범주는 범주 관계가 맞지 않는 항목이다. '광고 은유'는 '은유'에 포함되는 하위 범주이기 때문에 장과 절로 구조화될 수 없다. 2장의 표제가 '광고 은유'라면, 2장에 속하는 절은 '광고 은유'에 속하는 하위 범주의 내용이 하위 표제로 배치되어야 한다.

또한 제3장의 1절과 2절은 분석된 구체적인 내용이 표제로 배치되어야 한다. 분석의 기준이나 분석 사례라는 내용은 구체적 내용을 지시해야 하는 하위 표제로 적절하지 않다. 사례를 분석한 내용을 압축한 하위 표제가 3장의 절 제목으로 배치되어야 한다.

제4장 역시 '은유가 광고에 미친 영향'의 구체적인 내용이 하위 표제로 제시되어야 한다. 목차의 하위 표제는 되도록 구체적으로 기술하는 것이 좋다. 위의 예시글의 3장과 4장처럼 목차의 하위 표제가 구체적으로 표현되지 않으면, 논문의 내용이 아직 구성되지 못했다고 짐작하게 된다.

목차의 범주 관계를 잘 설정하는 것과 더불어 목차의 내용을 목차의 하위 표제에 맞게 정리하는 것도 중요하다. **잘 정리된 서랍을 상상해보라. 필요한 물건을 찾을 때 얼마나 도움이 되는가.** 마찬가지다. 내 주장과 관점, 그것도 전문적인 지식을 바탕으로 한 내 주장과 관점이 누구에게나 명확하게 전달될 것이라고 기대하는 것은 자기중심적인 불친절한 태도다. 아무리 난해하고 모호한 내용이라도 독자들이 기꺼이 수고를 아끼지 않고 찾아 읽어줄 것이라고 기대하지 마라. 명심하라. 실제로 그럴 만큼 시간과 인내심을 지닌 사람은 많지 않다. 어쩌면 지도교수조차 그런 수고로움을 감내하지 못할 것이다.

내 생각을 효율적으로 전달할 수 있는 최적의 목차를 항목으로 구성하는 것이 필요하다. 이에 대해 중요한 것은 글이 아니라 생각, 형식이 아니라 내용이라고 말하는 경우가 많다. 형식을 단순히 내용을 담는 도구 정도로 생각하는 것이다. 그런 경우 목차 역시 단순한 항목 정도로 이해할 수 있다. 하지만 형식 자체가 내용을 효율적으로, 전략적으로 구획하고 정리해주는 안전망 역할을 하는 것처럼, 목차 역시 내용을 효율적으로 구조화해주는 기능을 한다. **목차의 형식은 그 자체로 논문의 '주제'를 드러내는 데 기여해야 한다.**

모든 목차는 서로 연결되어야 하며, 전체 주제와 내적인 연관성을 지니는 동시에 중심 관점을 드러내주어야 한다. 목차의 개별 항목은 서로 잘 구분되면서도 동시에 목차를 통해서 연결되어야 한다. 목차는 개별 장의 주제를 규정하고 동시에 전체 주제를 드러내는 일관성을 유지해야 한다. 또한 논증하려는 내용은 어느 하나에 편향됨이 없이 고른 크기와 비중으로 배분되어 목차 안에 배치되어야 한다.

【잘못된 목차 예시 2】

구전설화의 문화콘텐츠 전환 방안 연구

Ⅰ. 서론

Ⅱ. 구전설화의 문화적 의미 및 서사구조

    1. 구전설화의 문화적 의미

        1-1. 시공간

        1-2. 세계관

        1-3. 윤리관

흔히 참조할 내용이 많은 부분은 목차에서 풍성하게 드러나는 반면, 해결되지 못했거나 고민과 학습이 더 필요한 부분은 목차에서 간략하게만 제시되는 경우가 많다. 가령 「구전설화의 문화콘텐츠 전환 방안 연구」라는 주제를 구조화한 위의 예시 목차를 보자. 제목만으로도 '구전설화', '문화콘텐츠', 그리고 '이 양자를 매개하는 전환 방안'이라는 세 덩어리로 목차가 구성될 수 있음을 쉽게 상상할 수 있다. 이런 경우에 중심 내용은 당연히 두 가지 내용이 종합된 '전환 방안'에 놓아야 한다.

하지만 위 예시 목차의 경우 구전설화에 대한 설명, 문화콘텐츠와 스토리텔링에 대한 설명이 목차의 대부분을 차지하고, 오히려 연구목적에 닿아 있는 '전환 방안'은 목차의 항목에서부터 소략하게 제시되어 있다. 목차의 내용이 편의에 따라 과장되거나 생략되지 않도록 주의해야 한다.

제2장의 하위 표제인 '서사학 이론'의 경우 서사학에 대한 개괄적인 설명이 주를 이루는데, 이는 주장이나 논점을 논증하는 본론의 내용으로 적절하지 않다. 논문은 서사학 이론을 설명하는 설명문이 아니라, 서사학 이론에 대한 지식을 바탕으로(혹은 그러한 지식을 지닌 독자를 대상으로) 특정 주장이나 관점을 드러내는 글이기 때문이다. 논문을 읽는 독자는 분과 학문의 전문적 지식을 공유하는 사람들이므로 논문의 배경이 되는 지식을 개괄적으로 설명하는 작업이 굳이 필요하지 않다.

제2장의 상위 표제인 '구전설화와 서사학'은 한정하여 '구전

설화와 서사구조'로 수정하는 것이 좋을 듯하다. 서사학에 대한 내용을 모두 설명하는 것보다 하위 표제의 내용을 포함하는 서사구조에 집중하는 것이 논문의 내용을 한정하고 구체화하는 한 방법이 될 수 있기 때문이다.

제3장을 대부분 구성하는 문화콘텐츠와 스토리텔링에 대한 설명도 본문의 성격을 약화시키는 설명적 내용이 예상되므로 과감히 정리하는 것이 바람직하다.

제4장의 하위 표제인 '구전설화의 문화콘텐츠 전환 방안'은 제4장의 상위 표제와 동일하므로 적절하지 않다. 상위 표제에 '속하는' 하위 표제가 제목으로 설정되어야 한다. 목차의 상위 표제와 하위 표제의 관계는 그 범주의 크기가 맞도록 배치되는 것이 원칙이다. **상위 표제와 하위 표제의 범주 크기가 맞지 않으면 독자로서는 마치 코끼리를 냉장고에 쑤셔 넣는 것처럼 내용이 비논리적으로 배치되어 있다고 판단할 수 있다는 점을 명심하자.**

목차 구성의 기본 원칙

목차는 기본적으로 시작 – 중간 – 끝, 곧 서론 – 본론 – 결론의 형식에서 출발한다. 목차 구성에서 집중해야 되는 부분은 본론이다. 논문의 서론은 요구되는 내용이 정해져 있고, 결론은 서론에서 제기한 내용들을 확인하며 주장을 요약 기술한 후, 새로 밝힌 연구결과를 강조하고, 앞으로 탐구해야 할 남은 문제들을 제안하는 내용에서 크게 벗어나지 않는다. 반면에 본론은 글쓴이가 논문의 연구대상을 처리하는 논리적 인식 내용, 논증의 내용을 자세히 보여주는 부분이므로 본론의 목차를 통해 논문의 중심 내용이 드러나게 된다.

목차를 작성하는 기본 원칙은 다음과 같다.

● **목차 작성 시 주의할 점**
　— 본론의 목차는 그 구성 원칙이 변경되지 않고 일관되게 유지되어야 한다.
　— 본론의 목차는 글쓴이의 관점인 주제 내용을 반영해 구조화되어야 한다.
　— 본론의 목차는 주제내용이 순서, 순서의 논리, 상위 관점과 하위 관점의 위계에 맞게 범주화되어야 한다.

● 목차 구성의 기본 원칙[10]

A	B
1. 서론	1. 서론
2. 검사내용	2. TAT
2.1 TAT : 그림	2.1 검사내용 : 그림
2.2 MMPI : 글	2.2 검사방법 : 구술검사
3. TAT	2.3 검사평가: 주관적
3.1 검사방법 : 구술검사	3. MMPI
3.2 검사평가 : 주관적	3.1 검사내용 : 글
4. MMPI	3.2 검사방법 : 지필 검사
4.1 검사방법 : 지필 검사	3.2 검사평가: 객관적
4.2 검사평가 : 객관적	4. 결론
5. 결론	

C	D
1. 서론	1. 서론
2. TAT 검사내용 : 그림	2. 검사내용
3. MMPI 검사내용 : 글	2.1 TAT : 그림
4. TAT 검사방법 : 구두검사	2.2 MMPI : 글
5. MMPI 검사방법 : 지필검사	3. 검사방법
6. TAT 검사평가 : 주관적	3.1 TAT : 구두검사
7. MMPI 검사평가 : 객관적	3.2 MMPI : 지필검사
8. 결론	4. 검사평가
	4.1 TAT : 주관적
	4.2 MMPI : 객관적
	5. 결론

위의 예시는 상담심리 검사방법인 TAT와 MMPI를 연구대상으로 설정, 양자를 비교하여 어떤 생산적인 주장을 펼치려는 논문에서 가능한 목차들이다.

A의 경우 '검사내용, TAT, MMPI'라는 장 제목을 보면 목차를 구성하는 기준이 일정하지 않음을 알 수 있다. 내용과 대상이 뒤섞여 어떤 기준으로 비교하려는 것인지 본론의 내용을 가늠하기 힘들다. 본론의 목차를 구획하는 기준은 일정해야 한다.

B의 경우는 흔히 선호되는 목차인데, 들여다보면 주장을 논증하는 논문의 목차라기보다 대상을 설명하는 글의 목차에 가깝다. 무엇보다도 B의 경우에는 목차의 구성에 비교의 내용이 반영되어 있지 않다. 곧 연구대상 TAT와 MMPI를 각각 개별적으로 설명하고 있어, TAT와 MMPI를 비교하는 의미가 드러나지 않는다. B의 목차 구성을 통해서는 TAT와 MMPI가 서로 다른 검사방법이라는 점만 확인할 수 있을 뿐이다.

C의 경우에는 본론의 내용이 일정한 관점에 의해 분류되어 있지 않다. 본론에서 다룰 내용이 평면적으로 나열되어 있을 뿐이다. 내용을 구획하고 배치하여 구조를 만드는 활동은 논문의 주제의식을 반영하는 사유의 구조를 보여주는 활동이 되어야 한다.

비교를 분석 방법으로 선택하는 경우 흔히 대상 중심의 목차

10 논문작성법편찬위원회 편, 『학술논문작성법』, 계명대학교 출판부, 2003, 32~33쪽의 내용을 변형.

를 구성하게 된다. 하지만 비교 내용을 중심으로 목차를 구성해야만 비교라는 연구방법과 그에 따른 연구목적을 목차로 가시화할 수 있다. 논문은 대상에 대한 객관적 설명을 정보의 차원에서 요구하는 것이 아니라, 연구대상에 대한 최소한의 분석적 시각과 그 내용을 요구하기 때문이다.

D의 목차는 집필자의 관점이 본론의 장 제목으로 제시되었다. 즉 본론 목차의 상위 표제인 '검사내용, 검사방법, 검사평가'는 연구대상인 TAT와 MMPI를 비교할 때 집필자가 가장 중요한 비교 항목이라고 판단하여 선택한 내용이다. 이처럼 집필자의 관점이 반영된 상위 표제는 그 자체로 이미 주제를 드러내준다.

다음에서는 이공계의 연구 보고를 위해 사용되는 표준 목차 양식인 IMRAD를 소개한다. IMRAD는 'Introduction-Materials and Methods-Results-And-Discussion'의 약자로 우리말로 옮기면 '서론-재료 및 방법-결과-토의'로 구성된 목차 형식을 말한다.

● 연구 보고를 위한 표준 목차 IMRAD

서론 (Introduction)	· **연구배경** –관련 학문의 장과 연구의 상관성 –연구의 필요성 –이론적 배경 · **선행 연구 검토** –선행 연구 조사 –선행 연구의 문제점 –연구가 필요한 부분 ·**연구목적** –연구의 구체적인 목적 및 가설
재료 및 방법 (Materials and Methods)	· **연구에 사용한 방법** · **시약, 기구, 측정 장비** –시약의 경우 정확한 농도 표기 –장비의 경우 제작사, 모델명 표기 · **자료 분석 방법** –최종 자료 계산 방법 및 단위 등에 대한 설명 –사용한 통계 방법
결과 (Results)	· **실험 결과에 대한 객관적 요약** –실험 결과를 이해 가능하게 설명 –표나 그래프 등을 활용해 시각적으로 설명 –최종 실험 결과물 요약 –통계 결과에 대한 설명

토의	· **실험결과에 대한 고찰**
(Discussion)	−실험결과에 대한 해석과 의미 부여
	−예상했던 실험결과와 예상치 못했던 실험결과 설명
	· **선행 연구와의 비교(동질성, 차별성, 유의미한 점)**
	· **실험결과의 중요성과 응용 가능성 제시**
	· **향후 필요한 연구 제안**
결론	· **선택사항**
참고문헌	· **선택한 양식을 적용, 참고문헌 작성법에 의해 정리**

IMRAD의 목차 형식은 위의 표에서 보듯이 그 내용이 항목에 따라 정확히 구분되어 있다. 서론에서는 연구의 목적과 배경, 선행연구 검토를 진술하고, 재료 및 방법 항목에서는 연구에서 다룰 대상(재료)을 어떤 방법으로 실험하고 계량화할 것인지를 소상히 밝힌다. 결과 항목에서는 실험 결과를 객관적으로 기술하고, 실험 결과에 대한 구체적인 논의와 의미 부여는 토의 항목에서 다룬다. 단일 실험을 통해 단독 결과를 도출하는 주제가 아닌 경우, 결론은 생략해도 무방하다.

IMRAD의 목차 형식에서는 분류된 항목의 성격과 내용이 일치해야 한다. 가령 서론(Introduction)에 자세한 방법론이나 연구결과의 중요성을 논의한다든가, 재료 및 방법(Materials and Methods) 항목에서 실험 목적에 대해 자세히 설명한다든가, 결과(Results) 항목에서 실험 결과를 해석하고 의미를 부여한다든가 해서는 곤란하다. 실험 결과에 대한 자세한 설명 및 해석은 토의(Discussion) 항목에서 다루어야 한다. 각 항목의 내용이 명확히 구분되지 않고 서로 뒤섞인다면 항목으로 분류해 목차를 구성하는 의미가 사라진다.

논문을 읽는 독자는 첫 장의 표지를 대하는 순간부터 '표지 제목 – 목차 – 국문 초록 – 핵심어 – 서론'까지, 다섯 번에 걸쳐 논문이 전달하려는 전문적 주제내용을 반복적으로 접하게 된다.

한 개인의 전문적 지식 구조를 효과적으로 전달하고 이해시키기 위해 논문은 그러한 형식을 규정으로 지닌다. 논문의 주제는 가장 먼저 표지에 새겨진 제목을 통해 환기된다. 그다음으로 등장하는 목차에서는 주제를 논증하는 구체적인 내용이 항목으로 정리되어 제시된다. 이어서 국문 초록에서는 핵심 내용이 핵심어를 통해 압축되어 확인된다. 서론에서는 이런 방식으로 환기된 주제 내용을 구성하는 세부와 그것들의 논리적 관계가 하나씩 상세히 설명된다.

이처럼 논문의 전통적으로 규정된 형식은 논증 내용을 논리적으로 구축하는 과정과 함께 생소하고 낯선 내용을 반복적으로 환기할 수 있는 안전망 구실을 한다. 독자의 입장에서 보면 논문을 읽는 과정에서 맞닥뜨리게 되는 낯설고 어려운 전문 학술 정보를 반복적으로 제공받음으로써 이해에 도움을 받을 수 있는 것이다.

논문의 서론은 꽃봉오리와 같다. 너무 활짝 피어버려서도 안 되지만, 앞으로 피게 될 꽃이 어떤 색깔의 어떤 종류의 꽃인지를 알려주어야 한다. 꽃봉오리로부터 한 송이 꽃이 만개하듯이, 서론에서부터 전개, 진행, 확장되어 한 편의 논문이 완성되어나간다. 흔히들 서론을 완성하면 논문의 반 이상을 완성한 것이라고 말하는 것은 그 때문이다. 새로운 논문의 탄생, 서론에 달려 있다.

논문의 힘 요약노트

- 논문의 서론은 논문의 전체 계획을 보여주는 설계도이다. 논문을 작성할 때 가장 많은 시간을 할애해야 하는 핵심적인 부분도 서론이다. 서론이 탄탄할수록 논문 집필 속도가 빨라진다.

- 논문을 쓰는 과정은 순차적이라기보다 순환적이다. 논문의 서론은 본론의 집필 과정에서 수정될 수 있다.

- 서론에서는 연구대상과 연구목적의 연관성을 구체화·구조화해야 한다.

- 목차는 전체 논문 내용의 전개를 일목요연하게 설명하는 동시에 집필자가 가진 인식의 구조를 보여준다.

- 목차의 모든 항목은 주제를 초점화할 수 있도록 구성, 배치되어야 한다.

5장

연구계획서의
비밀

연구계획서에 숨겨진 의미

논문은 논리적으로 구조화된 지식을 구축하는 글이기 때문에 글을 준비하는 과정에서 구성 내용을 철저하게 계획한 후 본격적인 집필을 시작하는 것이 효율적이다.

흔히 논문은 '주제 찾기→연구계획서 쓰기→초고 집필→피드백 받아 수정하기'의 순서로 집필된다고들 말한다. 하지만 논문을 쓰는 과정은 위의 순서처럼 '순차적'으로 진행되는 단계적인 과정이 아니다. 오히려 위의 과정들이 피드백을 통해 '순환적'으로 반영되어 논문은 조금씩 진행된다. 초고를 집필하면서 연구주제와 연구방법을 재점검해야 하기도 하고, 연구대상을 구체적으로 한정해야 하는 경우도 비일비재하다. 목차의 항목을 재배치하기도 하고 어떤 항목은 삭제해야 하기도 한다. 초고 집필과 함께 서론과 목차의 내용을 다시 조정하는 일은 논문을 쓰는 과정에서 누구나 여러 번 겪을 수 있는 일이다.

논문을 준비하는 과정에서 반드시 작성하여 지도교수에게 제출하게 되는 연구계획서는 내 주제가 논문으로 전개, 구성될 수 있는지 미리 논문 계획을 전반적으로 점검하는 글이다. 연구대상, 연구목적, 연구방법을 확정한 후에는 구체적으로 연구계획서를 작성하여 연구목적과 연구대상, 연구방법의 연관이 논리적으로 기술될 수 있는지 전체적인 연구내용을 일목요연하게 점검해보는 것이 좋다. 각 대학원에서 제도로 마련되어 있는 연구계획서 제출은 논문의 순환적 글쓰기 과정을 반영한, 중간 점검의 의미를 지닌다.

연구계획서의 내용은 일반적으로 '제목(주제), 연구목적, 연구대상, 선행 연구 검토, 연구방법, 참고문헌'으로 구성되지만, 연구계획서의 형식은 분과 학문마다 다소 차이를 지닌다. 연구계획서의 형식은 달라도 그 안에 담겨야 할 내용은 대동소이하다.

다음은 인문사회 계열과 이공학 계열의 연구계획서 양식이다. 인문사회 계열과 이공학 계열에서 요구하는 연구계획서를 살펴보면, 연구목적과 연구대상, 연구방법, 참고문헌 제시를 바탕으로 분과 학문별 특성에 따라 혹은 주제 내용의 특성에 따라 별도의 내용이 추가됨을 알 수 있다.

실제 논문 집필에서 시간을 많이 필요로 하는 단계는 본론의 내용을 타이핑하는 육체적 노동의 단계가 아니라 논문의 내용을 계획하는 서론 쓰기까지의 단계와 진행 중인 논문의 내용에 대해 피드백을 받아 생각하고 거듭 수정하는 '고치기' 단계이다. 지도교수와의 첫 번째 피드백은 연구계획서를 통해 이루어질 수 있다. 지도교수는 연구계획서를 통해 연구가 진행될 수 있는지를 판단한다. 특히 연구목적과 연구대상, 연구목적을 종합적으로 판단함으로써 연구목적이 수행될 수 있는지를 판단한다.

● 계열별 연구계획서의 내용

인문·사회 계열 연구계획서	이공학 계열 연구설계
제목(=주제)	1. 연구 목적
연구대상	1.1. 연구 문제
연구목적 및 필요성	1.2. 연구 필요성
연구방법	2. 이론적 배경
선행 연구 검토	2.1. 연구 현황 소개
목차	2.2 연구 방향의 이론적 제시
참고문헌	3. 연구 원리 및 가설
	3.1. 연구 원리
	3.2. 연구 가설
	4. 연구방법
	4.1 실험대상과 절차
	4.2 자료처리 및 결과 분석
	5. 연구 기간
	6. 예상되는 결과 및 시사점
	7. 참고문헌

　　논문을 쓰는 입장에서도 연구계획서를 통해 일목요연하게 자신의 연구를 들여다볼 수 있다. 연구계획서에서 내용이 제대로 진술되지 않는 항목이 있다면 보강해야 한다. 그러니 연구계획서를 논문 제출을 위한 요식행위 정도로 이해해서는 곤란하다.

연구계획서로 내 논문 점검하기 I

항목	연구계획서 예시
제목	중국 유학생과 한국 대학생의 김밥에 대한 기호도, 만족도, 섭취 빈도 비교와 개선 방안 연구
연구주제문	중국 유학생과 한국 대학생의 김밥에 대한 기호도, 만족도, 섭취 빈도를 비교하고 개선점에 관한 방안을 제시한다.
연구목적 및 필요성	① 최근 편의점에 김밥의 종류가 다양함을 알 수 있다. …중략… ② 본 연구는 재한 중국 유학생과 한국 대학생의 김밥에 대한 기호도, 만족도, 섭취 빈도를 알아보고자 한다. 이를 통해 궁극적으로는 재한 중국 유학생과 한국 대학생의 김밥에 대한 기호도와 섭취 빈도에 영향을 미치는 요인을 분석하여 김밥의

평가하기

비교하는 것이 중심 연구목적인지, 아니면 개선 방안을 제안하는 것이 중심 연구목적인지 분명하게 표현해야 한다. 대상의 단순 비교는 논점을 드러내는 논문의 내용을 구성하기 어렵기 때문에 비교의 목적이 논문의 목적이 되는 것이 적절하다. 따라서 연구목적을 분명히 드러내기 위해서는 제목을 수정하는 것이 좋다.

【수정 제목】중국 유학생과 한국 대학생의 김밥에 대한 기호도, 만족도, 섭취 빈도의 비교를 통한 개선 방안 연구

제목도 구체적으로 표현하는 것이 좋다. 구체적 글쓰기는 글쓰기가 요구하는 주요 덕목이다. 제목도 예외일 수 없다. 주제 내용을 구체적으로 표현하기 위해 필요하면 부제를 붙이는 것도 방법이다.

'어떤 관점'에서 요구되는 개선점인지를 설명하는 것이 필요하다. 기호도, 만족도, 섭취 빈도가 주요 연구내용이므로 이러한 연구내용과 연관된 관점을 선택해야 하고 그런 관점에서 개선점을 제시해야 한다. 연구주제문도 구체적으로 기술하는 것이 좋다. 그래야만 막연했던 연구목적을 구체적으로 확인하고 보충하거나 수정할 수 있다.

①은 불필요한 내용이므로 삭제하자. 김밥은 한 끼의 식사 대용으로 값이 싸고 간편하여 대학생들이 선호하는 음식 중 하나다. 또한 연구계획서의 연구대상인 김밥은 평범하고 친숙한 대상이지만, 연구대상으로서 접근할 때는 '대상'으로서 객관적으로 기술하는 것이 좋다. 이때 드러내려고 하는 연구관점의 맥락 속에서 연구대상에 대한 설명을 선택하고 제시하는 것이 효과적이다. 값이 싸고 한중 대학생의

품질 개선점을 제시하려 한다. 향후 중국 유학생과 한국 대학생의 기호에 맞는 새로운 메뉴의 김밥을 개발할 때 필요한 기초 자료를 제공하려는 것이 본 연구의 최종 목적이다.

연구방법 ① 본 연구는 우선 ××대학교에 재학 중인 중국 유학생과 한국 학생을 대상으로 김밥의 기호도, 만족도, 섭취 빈도, 개선점에 대한 설문조사를 실시한다. 조사 문항의 타당성을 확보하기 위하여 ××대학교 재학 중인 중국 유학생과 한국 학생 각각 30명을 대상으로 예비조사를 실시한다. 예비조사의 결과에 따라 표본의 크기를 결정한다. 중국 유학생 150명, 한국 대학생 200명으로 설문조사를 한다. ② 설문지는 한식의 중요도와 만족도에 관한 연구, 한국 전통 음식에 대한 인지도, 섭취빈도와 기호성 등에 관한 연구를 참고하여 IRB 승인 후 최종적으로 완성한다. ③ 회수된 설문지는 응답내용이 부실하거나 신뢰성이 떨어진다고 판단되는 자료를 제외시키고 최종적으로 연구목적에 부합되는 설문지만 분석한다. ④ 수집된 설문자료의 통계는 SPSS 21.0 프로그램을 이용하여 검증 및 분석을 수행한다. 통계적 차이

선호도가 높다는 것만으로는 김밥이 연구대상으로 선택되는 것이 타당하다는 설득력을 갖기 힘들다. '선호도가 높다'는 진술 역시 모호하므로 객관적인 자료에 근거해 설명해야 한다.

② 이하의 서술에서는 재한 중국 유학생과 한국 대학생을 비교 대상으로 설정한 이유를 타당하게 설명해야 한다. 이 연구계획서에는 '비교 연구'가 필요한 이유가 분명하게 기술되어 있지 않다. 중국 유학생과 한국 대학생의 기호에 맞는 새로운 김밥 메뉴 개발을 위한 기초 자료를 마련하는 것이 기술된 연구목적인바, 김밥에 대한 선호도가 높은데도 불구하고 새로운 메뉴를 개발해야 하는 이유는 무엇인지 질문이 생긴다. 또한 품질 개선과 새로운 메뉴 개발이 서로 상관성이 있는 내용인지도 명확하게 설명해야 한다.

먼저 ①에 대해서는 보충 설명이 필요하다. 예비 조사의 결과를 진술하여 그에 따라 중국 유학생 150명, 한국 대학생 200명에게 설문 조사를 실행하게 된 타당한 이유를 설명해야 한다.

②에서는 선택한 기존 연구들을 참조하는 것이 객관적이고 과학적 연구방법으로서의 신뢰를 담보하는 방법임을 설명하여 논문을 읽는 독자를 설득시켜야 한다.

③은 연구목적에 부합되는 설문지란 어떤 내용과 성격의 설문지인지 설명해야 한다.

④에서는 연구대상에 대한 통계 분석 방법으로 SPSS 21.0 프로그램이 갖는 장점 등을 설명한다.

연구방법은 연구목적의 수행을 위해 연구대상을 고찰할 때 가장 적절한 것이라고 판단한 방법이어야 한다. 이때 논문 집필자가 가장 적절한 방법이라고 판단한 근거 역시 제시해야 한다.

검증은 유의 수준 $p < 0.05$, $p < 0.01$, $p < 0.001$에서 검증한다.

연구범위 조사 대상은 서울 거주 대학생으로 한정한다. 따라서 전국으로 일반화하기에는 제한이 있다.

목차

참고문헌

조사 대상을 서울 거주 대학생으로 한정하는 이유를 설명해야 한다. 또한 서울 거주 대학생이라는 조사범위가 여전히 모호하고 포괄적이다. 연구계획서에서 사용되는 어휘는 정확하게 구사해야 한다. 우선 사는 곳이 서울인 대학생을 의미하는 것인지, 서울 소재 대학에 재학 중인 학생을 의미하는 것인지 표현을 정확하게 해야 한다. 또한 서울 거주 대학생이라는 조사대상을 어떤 방법으로 어떻게 한정할 것인지도 알 수 없다. 대학별로 한정할 것인지, 아니면 인구 통계자료를 기반으로 한정할 것인지 알 수 없다.

연구범위가 편의적으로 설정되어서는 안 된다. 연구범위를 제한할 때는 그에 따른 타당한 이유가 제시되어야 한다.

목차의 내용이 소략하므로 구체적인 연구내용을 판단할 수 없다. 목차는 연구목적을 수행하기 위해 구체적으로 다룰 내용을 항목으로 정리한 것이다. 목차의 내용을 구체적으로 나열해보면 부족한 내용과 넘치는 내용을 판단할 수 있다. 그것을 바탕으로 집필 계획을 세울 수 있다.

위의 목차 항목과 연동되는 사항으로, 연구내용이 구체적으로 제시되지 않은 이유를 참고문헌이 제시되지 않은 것과 관련하여 생각해볼 수 있다. 연구내용을 구체화하기 위해서는 선행 연구를 자세히 검토하여 참조하는 작업이 필요하다. 참고문헌이 제시되지 않으면, 연구주제에 대한 기초 학습이 부족하다는 인상을 줄 수 있다. 또한 연구주제가 경험적으로 선택되어 여전히 글쓴이의 경험 차원에 머물러 있다는 인상도 준다. 따라서 참고한 논문과 책의 서지사항을 보충해 정리해야 한다.

앞의 긴 표는 하나의 연구계획서 예시를 제목, 연구주제문, 연구목적 및 필요성, 연구방법, 연구범위, 목차, 참고문헌 등 일곱 가지 항목으로 구분해 살펴본 것이다. 위의 연구계획서에서는 선택한 조사대상을 통해서는 연구결과를 일반화하기 어렵다고 집필자가 고백하고 있다. 연구범위에 대해 좀 더 숙고하는 것이 필요함을 연구계획서 스스로 보여주고 있는 것이다. 연구계획서 작성의 목적이 바로 여기에 있다. 연구계획서는 내용이 부족한 부분, 객관적, 논리적으로 타당하지 않은 부분, 설득력이 부족한 부분을 스스로 성찰하고 보완할 수 있는 기회를 제공한다. 지도교수와 연구계획서를 놓고 의견을 나눌 수도 있지만, 그전에 논문을 쓰는 자신이 스스로 부족한 부분을 성찰할 기회를 가질 수 있다.

연구계획서로 내 논문 점검하기 II

아래는 논문 주제에 대해 처음으로 자신의 생각을 세부 내용의 구분 없이 적어본 글이다. 연결된 내용을 연구계획서에서 요구하는 형식에 따라 구분해보면, 초고에서 흔히 발견되는 부족한 내용과 논리적 연관이 약한 내용을 집필자 스스로도 판단할 수 있다.

항목	연구계획서 예시	평가하기
제목 (=주제)	레비나스의 타자 윤리가 한국 교육에 가지는 의미 고찰: 새터민(탈북자) 청소년 교육을 중심으로	제목에 연구목적을 구체적으로 반영할 것
연구 주제문	① 한국 사회에서 새터민의 남한 사회 정착을 위한 지원은 경제적 지원을 중심으로 이루어지고 있다. 하지만 한국 정부는 새터민의 기본 정착금을 제외하고는 특별한 노력을 하고 있지 않은 상황이다.	선택된 연구대상과 연구목록의 구체적 진술에 집중할 것
연구목적 및 필요성	② 교육의 역할은 다양하다. 흔히 지식 전달의 역할뿐만 아니	연구의 필요성 혹은 연구목적

라 한 인간이 속한 사회의 문화를 공유함으로써 사회의 공동체 일원이 되는 역할 또한 행하고 있다. 이러한 교육의 역할을 통해서 생각 해보았을 때 새터민들에게 경제적인 지원만큼 중요한 것이 교육적인 지원이다. 그럼에도 불구하고 현재 새터민을 위한 교육적인 지원이 충분하지 않다. 대부분 새터민을 위한 특별한 교육은 종교단체나 시민단체에서 이루어지고 있으며, 정부 차원에서의 새터민에 대한 교육적 지원은 부족한 상황이다. ③ 특별한 교육적 지원이 부족한 새터민들은 탈북 후 한국의 공교육에서의 ④ 여러 가지 어려움을 겪고 있는 실정이다.

을 설득력 있게 진술할 것

연구방법

⑤ 교육 정책적인 문제로 인한 새터민 학생들이 가지는 학업 성취에 대한 부담감 문제와 학급에서의 적응 문제, 교우 관계 등의 문제가 대표적으로 논의되고 있다. 이러한 문제점을 아울러 생각했을 때 새터민 청소년들에게

연구방법의 구체화, 연구목적을 논증할 수 있는 연구방법인지 타당성을 확인할 것

⑥ 근본적으로 필요한 것은 학교 속에서 관계 맺음을 잘 이루어내는 것으로 제시할 수 있다. 따라서 ⑦ 한국의 공교육 전반에 필요한 윤리적인 의식에 대해 고찰해볼 필요가 있다. ⑧ 서로를 있는 그대로 보는 윤리적 의식이 필요하다.

선행 연구 검토	레비나스는 서양철학에 있어서 '타자'에 대한 새로운 해석을 시작한 선구자라고 할 수 있다. 그러한 의미에서 보았을 때, ⑨ 레비나스의 '타자 철학'은 타자의 타자성을 인정하고, 타자를 나와 동일시하는 것을 비판한다. 이러한 레비나스의 철학은 남북 분단이라는 사회적·정치적으로 풀리지 않는 관계 속에서 여전히 존재하는 새터민들을 위한 한국 교육에서 교사, 학생, 그리고 새터민 학생들이 가져야 할 윤리적인 모습에 의미를 준다. 다시 말해서 단순히 교사-학생 관계, 학생-학생 관계의 의미를 넘어서 나와 타자(인간 대 인간)의 관계로 나아감으로써 ⑩ 레비나스의 철학은 한국 교육에 의미를 부여한다.	선행 연구 검토를 통한 연구주제의 맥락화

우선 연구대상, 연구목적, 연구방법이 구체적이지 않다. 음영으로 표시된 어휘만 따라가 보아도 알 수 있다. '새터민', '교육의 역할', '교육 정책', '한국의 공교육', '레비나스의 타자 철학'은 구체적인 내용을 지시하기에는 그 범위가 지나치게 넓고 일반적이다. 이와 함께 '특별한', '여러 가지'의 표현 역시 구체적인 내용을 지시하지 못하는 단순 수사에 그치고 있다. '특별한'의 내용이 구체적으로 무엇인지, '여러 가지'에 속하는 내용은 구체적으로 무엇인지 알 수 없다. 그런 까닭에 내용을 형식적으로만 연관 짓는 '이러한'이라는 연결사가 자주 사용되고 있다.

우선 제목인 "레비나스의 타자 윤리가 한국 교육에 가지는 의미 고찰"에서 의미의 내용이 구체적으로 무엇인지 적어보자. 만약 내용을 정리하기가 쉽지 않다면, 아직은 레비나스의 타자 윤리와 새터민을 대상으로 한국 교육의 문제점과의 연관성을 분석해내지 못한 상태이다.

①은 필요하지 않은 내용이다. 남북한 분단 상황으로 생겨난 새터민의 탈북 후 한국 교육을 연구대상으로 정했다고 해서 군이 남북한 분단 상황이나 정치적 상황까지 언급할 필요는 없다. 이 논문의 연구대상인 새터민(혹은 새터민 청소년) 교육에 한정하여 집중적으로 기술한다. 연구대상이 새터민 교육인지, 학교에 입학한 새터민 청소년 교육인지도 분명하게 정해야 한다.

②의 "교육의 역할이 다양하다"는 진술 역시 막연하다. 교육의 역할 일반을 다루는 것이 아니라 새터민과 관련된 교육의 역

할을 다루려고 하는 것이므로, 내용을 한정하여 구체적으로 기술해야 한다. 교육에 대한 일반론이 아니라 논문 작성자의 관점과 시각에 의해 선택된 새터민과 관련된 교육론을 기술해야 한다. 새터민에 대한 어떤 교육을 고찰하려는 것인지 구체적으로 기술해보자.

⑤에서는 '교육 정책적인 문제'와 '학업 성취에 대한 부담감, 학급에서의 적응 문제, 교우 관계 등의 문제' 사이의 연관성이 진술되어야 한다. 다시 말해서 위의 예시글의 경우 새터민 청소년이 느끼는 문제가 어떤 교육 정책과 관련이 있는지 구체적으로 기술해야 글쓴이의 논점이 효과적으로 부각될 수 있다.

⑥ "이러한 문제점을 아울러 생각했을 때 새터민 청소년들에게 근본적으로 필요한 것은 학교 속에서 관계 맺음을 잘 이루어내는 것으로 제시할 수 있다"고 했지만, "학업 성취에 대한 부담감, 학급에서의 적응 문제, 교우 관계 등의 문제"는 새터민 청소년뿐 아니라 청소년이라면 누구나 고민하는 문제일 수 있다.

⑦ "한국 공교육 전반에 필요한 윤리적인 의식에 대해 고찰해볼 필요"가 있다고 했지만, 이러한 필요성을 설득하기 위해서는 '새터민 – 교육 정책 – 현실의 공교육 현장'과 '윤리적 의식'의 연관 관계가 구체적으로 기술되어야 한다.

마찬가지로 ⑧에서 "서로를 있는 그대로 보는 윤리적 의식이 필요"하다고 주장하는데, '윤리 의식' 중 "서로를 그대로 보는 윤리 의식"이 중요한 이유는 설명되고 있지 않다.

⑨에서 레비나스의 '타자 철학'은 이 논문의 방법론이다. 그럼에도 그 내용이나 연구대상과의 연관성을 거의 진술되지 않고 있다. "타자의 타자성을 인정하고, 타자를 나와 동일시하는 것을 비판"한다는 내용만으로는 방법론으로서 연구목적 혹은 연구대상과의 상관성을 납득시키기 힘들다. "레비나스의 철학은 …… 새터민들을 위한 한국 교육에서 교사, 학생, 그리고 새터민 학생들이 가져야 할 윤리적인 모습에 의미를 준다"고 했는데, 어떻게 그러한 관계가 가능하고 성립할 수 있는지 기술해보아야 한다. 그래야만 ⑩에서 "레비나스의 철학은 한국 교육에 의미를 부여"한다는 주장의 구체적인 내용이 구성 가능하게 될 것이다.

종합적으로 판단하건대, 위의 예시글은 연구대상과 연구목적의 상관성이 구체적으로 진술되지 않은 채 연구의 필요성(주장)만이 단정적으로 제시되고 있다. 논문은 이런저런 배경지식으로 채우는 글도 아니지만, 자신의 주장이나 논점을 단정적으로 강요하는 글도 아니다. 논문은 논점을 중심으로 내용을 선택하고 배치하는 논문 집필자의 생각의 구조를 보여주는 글이라는 점을 다시 한 번 기억하라.

논문의 힘 요약 노트

- 연구계획서는 연구주제가 논문으로 전개, 구성될 수 있는지 미리 논문 계획을 중간 점검하는 글이다

- 연구계획서의 내용은 제목(연구주제), 연구목적, 연구대상, 선행 연구 검토, 연구방법, 참고문헌으로 구성된다.

- 연구계획서의 내용은 분과 학문에 따라 차이는 있지만 대개 제목(연구주제), 연구목적, 연구대상, 연구방법, 선행 연구 검토, 참고문헌으로 구성된다.

- 연구계획서는 논문을 본격적으로 전개하기 전에 스스로 부족한 부분을 성찰할 수 있는 기회를 제공한다.

6장

우연한 표절이란 없다,
인용과 주석 달기

인용의 목적과 글쓰기 윤리

학술논문은 태생적으로 신뢰할 만한 연구물로 공인된 선행 연구 결과를 비판적으로 읽음으로써 나의 논점이나 관점을 논리적으로 구성하는 글쓰기이다. 선행 연구 결과를 인용하는 행위는 궁극적으로 자신의 논점이나 주장을 뒷받침하기 위한 것이다. 따라서 무엇보다도 신뢰할 수 있고 공인된 연구결과를 인용하는 것이 중요하다.

그런 이유로 학술논문을 쓸 경우 누구나 학술 공동체의 공인된 절차를 통해 발표된 권위 있고 신뢰할 수 있는 타인의 글을 인용하게 된다. 논문에서 인용은 연구자 개인에게는 논증을 위한 논리적 안전장치를 마련하는 일이지만, 학술 공동체 전체의 측면에서는 학술 공동체의 장(場)에서 지식을 수용하고 확장하는 교류 활동이다.

그러니 남의 글을 내 논문에 인용할 때는 다음과 같은 질문을 던지고 질문 내용을 비판적으로 검토해야 한다. 인용하고자 하는 글의 내용이 분과 학문에서 인정되는, 따로 논증이 필요 없는, 명확한 사실로 수용될 수 있는 전문 지식인가? 글을 읽는 독자는 글의 내용을 학문적 권위로 기꺼이 받아들일 것인가? 질문하고 판단해야 한다.

학술 공동체에서 수용된 선행 연구를 참조하는 일은 "(지식) 사회의 구조를 세우고 강화하는 데 기여"하는 행위이다. **하지만 하늘이 놀라고 땅이 움직일 만큼 완벽한 논문은 이 세상에 존재하지 않는다. 어떤 논문이든 비판적으로 검토되어야 할 부분이 있다.** 비판을 통해 보완해야 할 내용을 함께 질문하고 성찰하며 탐구해나가는 것, 이것이 논문이다. 논문을 쓰는 행위가 존중받아 마땅한 공적 활동인 이유도 이로부터 찾아야 한다.

간혹 이전에 발표한 자신의 논문은 인용 표시 없이 자신의 다른 논문에서 활용(인용)할 수 있다고 생각하는 경우가 있다. 이는 글쓰기 행위를 지극히 개인적인 활동으로, 발표된 글을 개인적인 소유물로 착각하는 경우다. 논문처럼 사회 공동체에 발표된 글은 그만큼의 책무를 지닌 공공재라는 점을 잊어서는 안 된다. 자기 표절이 성립하는 것도 그런 이유에서다.

동룡은 근대 초기 선각자에 대한 논문을 준비 중이었다. 자료가 충분하지 않은 시대이고, 선행 연구가 거의 없는 연구 초기 단계였기 때문에 연구대상에 접근하는 것이 쉽지 않았다. 할 수 없이 당대의 신문, 잡지를 꼼꼼히 읽어가며 연구대상에 대한 단편적인 정보들을 수집할 수밖에 없었다. 그렇게 많은 시간을 들여 연구대상인 선각자의 기본적인 신상 정보를 확인할 수 있었다. 그 내용을 중심으로 동룡은 연구대상의 삶의 이력을 객관적으로 정리한 논문을 발표할 수 있었다. 창의적인 분석 내용을 펼치지는 않았지만, 연구대상에 대해 알려진 내용 중 잘못된 오류를 바로잡고 정확하게 수정할 수 있었다. 논문의 목적은 초기 연구로서 기본적인 자료의 정리라는 점에 초점이 맞춰졌다. 그리고 1년 후, 동룡은 동일한 연구대상에 대해 집필한 논문을 심사하다가 의아한 점을 발견했다. 자신이 정리하고 논문으로 발표했던 선각자의 삶의 이력이 다른 사람 A의 논문 내용으로 인용되고 있는 것이었다.

심사 대상이었던 논문 집필자 B는 분명 A의 논문을 읽고 정확히 인용했다. 하지만 A의 논문 내용은 그 이전에 이미 동룡이 정리한 논문의 내용을 그대로 옮겨 적은 것이었다. 연구대상인 선각자의 삶의 이력을 정리한 내용을 일반적으로 통용되는 신상 소개 정도의 정보로 이해한 A가 세부 내용의 출처 인용 표시 없이 자신의 논문에 활용했고, 최신 연구를 검색하던 B는 A의 논문을 인용하여 연구를 진행한 것이다.

A는 선각자의 삶의 이력을 독자의 이해에 도움이 되는 정보, 자신의 논문의 기초 정보 정도로 이해한 것이지만, 일반적으로 널리 알려진 '일상 상식'에 해당하지 않는 내용이라면 당연히 인용의 출처를 표시해야 한다. 잘 알려지지 않은 근대 초기 선각자의 삶의 이력은 삶의 이력이 잘 알려진 이순신이나 이광수, 김동인의 삶의 이력과는 그 내용에서 질적인 차이를 지니는 특수한 지식이기 때문이다.

'한 논문이 다른 논문에 인용된 빈도'를 나타내는 논문의 인용 지수는 논문의 질을 판단하는 주요 요소인 만큼 인용하는 행위에는 그만큼의 책임감이 요구된다. 앞서의 경우에서도 B는 신중하게 선행 연구를 검토한 후 A의 논문 대신에 최초 연구로서의 의의를 부여할 수 있는 동류의 논문을 선택해 인용했어야 했다.

인용은 편의에 따른, 인정에 따른, 단순한 내용 옮겨 적기가 아니라 엄격한 판단과 비판적 시각이 요구되는 행위이다. 학맥과 인맥에 따라 특정 논문을 무비판적으로 상찬하거나 반대로 철저히 배제하는 방식은 학술논문에 배태된 인문학적 성찰을 망각한 작태이며 동시에 인용된 글이나 작성 중인 논문 모두를 모욕하는 행위이다. 그러니 다음의 조언에 귀를 기울이자. **"모든 인용에 대해 비판적인 자세를 취하고 원본의 출처를 검증하라.** 학술논문의 인용은 독자들에게는 인용된 글의 출처가 신뢰할 만하다는 것을 보여줄 수 있는 보증이 되어야 한다. 인용된 지식에 비판적 입장을 취하고 있다는 것은 원본을 스스로 검증하고 그 정확성을 확신하고 있다는 것을 아울러 의미한다."[11]

덧붙여 단어를 사전적 의미로 인용하는 '축어적(逐語的)' 인용도 주의해야 한다. 단어나 문장을 개념적 '의미 내용'이 아닌 사전적 단어 내용으로 이해하거나 인용한 원문의 맥락에서 벗어나 자의적으로 이해하고 인용하는 것은 올바른 인용이라고 하기 어

---

11   오토 크루제, 앞의 책, 80쪽.

렵다. 인용된 내용을 정확히 이해하지 못한 것으로 오해받을 수 있다. 요컨대 인용된 글의 내용을 정확히 이해하지 못한 상태에서 단어나 문장 일부를 탈맥락화하여 인용하는 것은 적절하지 않다.

인용과 표절의 양 갈림길

인용할 자료의 선택만큼 중요한 것은 인용된 글을 내 논문 안에 배치하는 합법적이고 윤리적인 방법이다. 내 논문 안에 타인의 글을 인용할 때는 기본적으로 신뢰와 존중, 배려가 전제되어야 한다. 학술 공동체는 기본적으로 발표된 논문을 정확히 이해하고 수용하여 논의를 유포하고 확장하는 과정에서 구성되므로 남의 연구물을 변조, 날조, 위조하는 행위는 학술 공동체를 왜곡시키는 행위이다.

타인의 논문이 자신의 논문에 도움이 되었다는 것을 알리는 **인용은 뛰어난 연구에 주어지는 정당한 보상이다.** 남의 글을 인용할 때는 글쓰기 윤리(행위 규범)에 걸맞은 형식과 절차를 따라야 한다. 곧 남의 글을 인용할 때에는 인용된 부분을 정확하게 표시해야 하고, 인용된 자료의 출처를 밝히며, 그에 대한 서지사항을 정확히 표기해야 한다. 인용된 글의 출처를 정확히 밝히는 것은 기본적으로 학술논문의 논증 내용을 객관화하는 중요한 활동이다. 인용에 내포된 이러한 의미를 정확히 인지하지 못하면 불필요한 표절 시비로 오해받을 수 있다.

표절을 판단하는 구체적인 기준이나 관점은 개인, 집단, 입장에 따라 차이가 있다.[12] 표절의 기준과 범위에 대한 명확한 기준을 갖고 있지 못한 개인이 있을 수 있고, 분과 학문에 따라 표절의 허용 기준과 범위가 다를 수 있으며, 입장에 따라 표절을 느슨하게 이해할 수도 있다. 그러므로 '표절'이라는 동일한 용어를 사용한다 할지라도 그 속에 내포된 의미는 제각각일 수 있다.[13]

일례로 2008년 2월 교육인적자원부는 논문 표절의 기본적인 모형으로 "여섯 단어 이상의 연쇄적 표현이 일치하거나", "생각의 단위가 되는 명제 또는 데이터가 같거나 본질적으로 유사한 경우", "타인의 창작물을 자신의 것으로 이용"한 경우를 제시했다. 같은 해 서울대는 "두 문장 이상 같은 내용이 나올 때" 표절로 판단하겠다고 연구윤리지침에 명시했다. 그런데 2012년 8월 한국교육과학기술부가 제시한 표절 판단 기준에 따르면, 표절이란 "타인의 아이디어와 연구 내용, 결과 등을 적절한 인용 없이 사용하는 경우", "그 밖에 인문, 사회 및 과학기술 분야 등 각 학문 분야에서 통상적으로 용인되는 범위를 심각하게 벗어나는 행위"라고 제시되어 있다. 하지만 2011년 기준 인구 100만 명당 박사학위 소지자가 미국(192명)이나 일본(130명)보다 많은 한국(233명)의 현실에서 보면, 이러한 기준은 표절의 기준으로 지나치게 포괄적이고 막연하다고 할 수 있다. 출처만 제시하면 타인의 아

---

12   『인문사회 분야 연구윤리 매뉴얼』과 『이공계 연구윤리 매뉴얼』은 한국연구재단(www.nrf.re.kr)과 연구윤리정보센터(www.cre.or.kr)에서 내려 받을 수 있다.

13   이윤진, 「2014년 연세대학교 교강사 및 튜터 워크숍 발표문」, 11쪽. 이에 대한 내용은 이윤진, 「외국인 유학생의 자료 사용의 윤리성에 대한 연구」, 연세대학교 박사학위논문, 2012에서 구체적인 논의를 참조할 수 있다.

이디어와 글을 마구잡이로 인용해도 되는 것으로 해석될 수 있고, 의도적으로 타인의 아이디어를 표현과 수사를 달리하여 자신의 것처럼 발표하는 경우에 면책권을 부여할 수도 있기 때문이다.

미국의 경우 표절 여부의 최소 단위는 "관사(a, an, the)와 of 같은 전치사를 포함해 단어 여덟 개를 연속으로 동일하게 인용"했는가에서 시작된다. 최근 미국의 하버드 대학이나 보스턴 대학 등에서 "단어 숫자에 얽매이기보다 낱말을 일부 바꾸었다고 해도 전체 글의 얼개, 주제, 문체가 유사하다고 판단"되면 표절로 의심한다. 미국의 다트머스 대학에서는 표절의 세 가지 유형을 아래와 같이 제시한 바 있다.[14]

● 미국 다트머스 대학의 제시한 표절 유형

― 직접적인 인용(direct quotation)이나 단어를 그대로 옮겨 베끼는 (word for word transcription) 행위

― 짜깁기하거나 섞는 방법(mosaic or mixing paraphrase) 혹은 승인받지 못한 인용(unacknowledged quotation)

― 아이디어의 이용이나 바꾸기(paraphrase and/or use of idea)

---

14   순천향대학교 사고와표현 편찬위원회 편저, 앞의 책, 31쪽에서 재인용.

다트머스 대학의 표절 기준은 글쓰기의 윤리에 대한 인식이 상대적으로 미약한 우리의 경우에 비춰보면 그 기준이 가혹할 정도로 엄격하다. 표절에 대한 공론화가 이제 막 시작되어 구체적인 규정을 마련 중인 우리의 경우에는 표절의 기준을 정하고 적용하는 데 아직은 현실적인 어려움이 있다. 표절에 대한 교육이 시작된 지도 얼마 되지 않았다. 논문 표절과 관련하여 기준을 정하되 적용에는 일정한 유보 기간이 필요하다는 의견이 제시되는 것도 그 때문이다.

우리의 경우 2005년 말 황우석 전 서울대 교수의 배아줄기세포 연구결과 조작 사건 이후 연구윤리에 대한 본격적인 논의가 시작되었다. 2006년 2월 교육부와 당시 한국학술진흥재단이 『연구윤리소개』라는 간략한 책자를 마련해 외국의 연구윤리 규정 및 연구부정행위 처리에 관한 사례를 소개했다. 이후 교육인적자원부가 구성한 연구윤리확립 추진위원회는 2007년 2월에 「국내 대학, 학회 연구윤리 실태조사」 결과를 발표하고 그에 따른 연구윤리 확립을 위한 권고안을 제시했다.[15] 그 후로도 교육과학기술부는 계속 「연구윤리 확보를 위한 지침」을 개정해나가고 있다. 2015년 6월 3일에도 전문가를 중심으로 이 지침의 개정안에 대한 공청회를 열었다.

---

15   이현주, 「2015년 연세대학교 교강사·교강사 및 튜터 워크숍 발표문」, 3쪽.

다음은 2014년 한국연구재단에서 정책연구보고서 형태로 발간한 『인문사회 분야 연구윤리 매뉴얼』과 『이공계 연구윤리 및 출판윤리 매뉴얼』의 내용이다.[16] 논문 작성 시 흔히 저지를 수 있는 오류인 '포괄적 인용'과 '자기 표절', '중복 게재'에 대해 설명하고 있다.

● **한국연구재단이 제시한 연구윤리 매뉴얼**

— **포괄적 인용**이란 인용한 글 각각에 대해 일일이 출처 표시를 하지 않고, 글의 맨 앞 또는 맨 뒤에서 "이 글은 주로 ○○○(2008)의 글을 참고해 작성됐다"와 같은 식으로 한 번에 포괄적으로 출처를 표시하는 것을 말한다. 포괄적 인용은 표절이다. 잘못된 직접 인용처럼 인용된 부분을 구분할 수 없기 때문이다. 다른 사람의 글에 대해서 포괄적 인용을 표시했더라도 본문에서 인용된 부분은 '일일이 따로' 인용해줘야 한다.

— **자기 표절**이란 "자신이 발표했던 저작물에 이미 기술한 적 있는, 적은 범위의 내용을 새로운 논문 또는 서적에 재사용하는 것"이다. 자기 표절이란 용어는 중복게재와 구분하여 '문장 재사용(text recycling)'이라는 용어를 사용하는 것이 타당하다. 표절과 자기 표절에서 '상식적으로' 예외가 인정될 수 있는 경우도 있다. 예를 들어

---

16   "출처 표시해도 대부분 표절·중복게재에 해당", 《교수신문》, 2014년 9월 1일자.

서울대 연구윤리지침에는 "연구의 독자성을 해하지 않는 범위 내에서 자신의 연구 결과물을 부분적으로 사용할 수 있다"고 제시되어 있다. 서울시립대 연구진실성위원회 규정에는 "이전에 발표한 논문이나 저서와 동일한 연구 아이디어, 연구 데이터 및 문장을 사용해 동일한 언어 또는 다른 언어로 중복하여 게재 출간하는 것은 부적절한 행위다. 단, 이전에 발표한 글과 중복되는 부분이 많지 않아서 새 글의 신규성을 인정하기에 객관적으로 어려움이 없는 경우는 예외로 한다"고 제시되어 있다. 반면 생명과학 계열의 학술지는 "1개의 문단이나 5개 이상의 문장을 …중략… 재사용하는 것은 출처 표시를 하더라도 적절치 않다"고 보는 엄격한 입장을 정했다.

― **중복 게재**(이중 게재, 중복 출판)는 "자신이 발표했던 저작물과 유사하거나 실질적으로 동일한 것을 다시 출판하는 행위, 즉 거의 같은 논문을 반복해서 출판하는 행위를 의미"한다. 적은 범위의 내용을 재사용한 '문장 재사용'에 비해 훨씬 큰 범위에서 동일한 내용을 재사용한 경우를 말한다. 특히 연구목적, 연구방법, 결론, 논증의 논리 전개가 동일한 사례가 중복 게재에서는 두드러진다. 서울대 연구윤리지침에서는 "연구의 독자성을 해할 정도로 이미 게재 출간된 자신의 연구 아이디어, 연구 데이터 및 문장에 의존하는 행위 (출처 표시 또는 인용 표시 여부를 불문한다)"를 연구 부적절 행위로 규정하고 있다. 이처럼 이전의 자신의 글을 과다하게 재사용하면 비록 출처를 표시했다 해도 표절에 해당한다.

한편 한국연구재단은 교육부훈령 제153호로 2015년 11월 3일에 시행된 「연구윤리 확보를 위한 지침」 제3장에서 연구 부정행위인 위조, 변조, 표절을 다음과 같이 규정하고 있다.

● **한국연구재단이 제시한 연구 부정행위**

— **위조**는 존재하지 않는 연구 원자료 또는 연구 자료, 연구결과 등을 허위로 만들거나 기록 또는 보고하는 행위

— **변조**는 연구 재료·장비·과정 등을 인위적으로 조작하거나 연구 원자료 또는 연구 자료를 임의로 변형·삭제함으로써 연구내용 또는 결과를 왜곡하는 행위

— **표절**은 일반적 지식이 아닌 타인의 독창적인 아이디어 또는 창작물을 적절한 출처 표시 없이 활용함으로써 제3자에게 자신의 창작물인 것처럼 인식하게 하는 행위

이 가운데 구체적으로 표절에 해당하는 내용은 다음과 같다.

● **표절에 해당하는 연구 부정행위**

— 타인의 연구내용 전부 또는 일부를 출처를 표시하지 않고 그대로 활용하는 경우

— 타인의 저작물의 단어·문장 구조를 일부 변형하여 사용하면서 출처 표시를 하지 않는 경우

— 타인의 독창적인 생각 등을 활용하면서 출처를 표시하지 않은 경우

— 타인의 저작물을 번역하여 활용하면서 출처를 표시하지 않은 경우

연구 부정행위에 대한 개정안이 구체화되고 강화되는 것은 표절에 대한 사회적 인식이 변화되고 있음을 반영하는 것이다. 공직자, 국회의원, 대학교수, 방송인에 이어 소설가까지 표절에 대한 염치없는 무지를 노출하고 있는 상황과도 무관하지 않을 것이다. 2007년 이후 정부에서 제시한 연구윤리 가이드라인이 상식적이고 일반적인 내용에 한정되어 있어 교묘한 표절 사례를 방지하기에는 그 효과가 미비하다는 점도 한 이유가 될 것이다.

하지만 분과 학문의 상황과 특성에 따라 표절의 기준과 판단은 달라질 수 있고, 무엇보다도 규정과 제도에 의지하는 것만으로는 표절 문제를 해결할 수 없다. 논문은 자기 성찰의 글쓰기이기 때문이다. 타인의 생각과 글을 예의를 갖춰 정확히 인용하는 것은 학술 공동체의 구성원으로서 기본적으로 지켜야 할 예의이다. 이 점을 논문을 쓸 때 자기 검열처럼 확인하는 것이 중요하다. 무엇보다도 타인의 논문을 성찰 없이 베끼는 표절 행위는 자신의 생각을 만들어서 그것을 문장으로 완성하는, 자신을 높일 수 있는 기회를 스스로 포기하는 불행한 행위이다.[17]

---

17   도다야마 가즈히사, 『초보자를 위한 논문쓰기교실』, 홍병선·김장용 옮김, 어문학사, 2015, 37쪽.

직접 인용과 간접 인용

학술논문에서 사용하는 인용에는 크게 직접 인용 방법과 간접 인용 방법이 있다. 직접 인용 방법은 원문의 내용을 원문 그대로 인용하는 방법이다. 그대로 인용해야 할 분량이 많거나(단락 인용, 대개 인용 분량이 '세 문장 이상'의 단락 분량에 해당하는 경우) 원문의 표현을 그대로 전달하는 것이 필요한 경우(문장 내 인용, 한 문장이내의 내용을 그대로 인용하는 경우) 사용된다. 직접 인용의 단락 인용은 본문과 인용문 사이를 한 줄 띄어 씀으로써 인용 부분을 명확히 표시하고, 문장 내 인용은 큰 따옴표(" ")를 사용하여 인용된 부분의 시작과 끝 부분을 정확히 표시해야 한다.

아래의 예시는 직접 인용을 적절하게 표시한 경우이다. 직접 인용임을 분명히 밝히는, "그는 자신의 연출 의도를 밝힌 글에서 다음과 같이 언급한다"는 문구를 삽입했고, 자신의 글과 인용된 글을 구분할 수 있도록 한 줄 띄어쓰기를 했으며, 인용된 글의 글자 크기도 조절했다. 직접 인용 부분의 끝에는 서지적 정보를 주석으로 달아 인용된 글의 출처를 표시했다.

【직접 인용의 적절한 예】

아힘 프라이어는 이 같은 판소리 설화에 새로운 시간과 갈등구조를 창조하고 재해석을 가하여 〈수궁가〉를 현대적으로 재문맥화한다. 그는 자신의 연출 의도를 밝힌 글에서 다음과 같이 언급한다.

한 예술가의 연극작품은 그 예술가의 고유한 서명을 달고 태어난다. 예술가는 본인이 가진 재료들을 사용하여 새로운 시간과 갈등구조를 창조해낸다. 따라서 아무리 같은 시대에 같은 작품을 가지고 작업을 한다고 해도, 각 예술가는 각각의 서로 다른, 새로운 해석을 내놓아야 한다. 그것이 바로 연극에 있어서 가장 흥미진진한 부분이다.[1]

1) 아힘 프라이어, 국립창극단 〈수궁가〉 보도자료, 6쪽 : "연출의도".

출처 : 김형기, 『포스트드라마 연극의 지각방식과 관객의 역할』, 푸른사상, 2014, 214~215쪽.

직접 인용의 경우 필요와 판단에 따라 자구(字句)의 생략, 추가, 조절, 주해(인용된 원문에 오류가 있을 경우의 보충 설명)를 할 수 있지만, 그 사실을 본문 안에 표시하거나 주석을 달아 알려야 한다. 직접 인용에서 주의해야 할 점은 한 단락 정도에 해당하는 많은 분량을 한 줄 띄어쓰기로 표시하지 않고, 그대로 본문에 삽입하는 경우이다. 앞서 살펴본 것처럼 "여섯 단어 이상의 연쇄적 표현이 일치하거나", "두 문장 이상 같은 내용이 나올 때"를 표절로 간주한다면, 본문 문장 내 직접 인용할 내용은 **두 문장 이하**로 제한해야 하고, 그런 경우에도 **큰따옴표**(" ")를 사용해 인용된 부분의 시작과 끝 부분을 정확히 표시해야 한다.

【직접 인용의 잘못된 예】

언어학, 수사학, 서사학 등의 문학 연구를 통해서만 주목받던 스토리텔링이 새삼 새롭게 부각되는 이유는 무엇인가? 대학에서 시작되어 더 널리 문화 분야로 퍼진 1960년대 포스트모던 문학 운동 이후, 서사적 사유는 다른 분야로도 확산되었다. 역사학자, 법학자, 물리학자, 경제학자, 심리학자들은 현실을 구성하는 이야기들이 가진 힘을 재발견했다. 스토리텔링은 판례, 지리, 질병 혹은 전쟁을 이해하는 방법론으로서 논리적인 사유와 경쟁을 하기에 이르렀다. 이야기는 비평가들이 사실과 이성적 논거의 위험천만한 대리물이 되지 않을까 우려할 정도로 설득력을 얻게 되었다. 이야기가, 앞으로 우리가 심각하게 받아들여야 할 현실적인 결과를 낳을 수도 있다는 사실을 실감하기 시작한 것이다.[1]

1) 크리스티앙 살몽(류은영 옮김), 『스토리텔링』, 현실문화, 24쪽.

【바로잡기】

언어학, 수사학, 서사학 등의 문학 연구를 통해서만 주목받던 스토리텔링이 새삼 새롭게 부각되는 이유는 무엇인가? 이에 대해《로스앤젤레스 타임스》의 논설위원인 린 스미스(Lynn Smith)는 다음과 같이 설명한다.

> 대학에서 시작되어 더 널리 문화 분야로 퍼진 1960년대 포스트모던 문학운동 이후, 서사적 사유는 다른 분야로도 확산되었다. 역사학자, 법학자, 물리학자, 경제학자, 심리학자들은 현실을 구성하는 이야기들이 가진 힘을 재발견했다. 스토리텔링은 판례, 지리, 질병 혹은 전쟁을 이해하는 방법론으로서 논리적인 사유와 경쟁을 하기에 이르렀다. 이야기는 비평가들이 사실과 이성적 논거의 위험천만한 대리물이 되지 않을까 우려할 정도로 설득력을 얻게 되었다. 이야기가, 앞으로 우리가 심각하게 받아들여야 할 현실적인 결과를 낳을 수도 있다는 사실을 실감하기 시작한 것이다.[1]

1) Lynn Smith, Not the same old story, *The Los Angeles Times*, 11 November 2001. 크리스티앙 살몽(류은영 옮김), 『스토리텔링』, 현실문화, 2008, 24쪽에서 재인용.

위의 예문을 보면, 인용된 내용이 시작되는 부분을 판단하기 어렵다. 자칫 "언어학, 수사학, 서사학 등의 문학 연구를 통해서만 주목받던 스토리텔링이 새삼 새롭게 부각되는 이유는 무엇인가?"라는 문제에 대한 답을 스스로 구해 진술한 것처럼 읽힐 수도 있다. 그런데 실제 인용 대상이 된 원문과 비교해보면, "언어학, 수사학, 서사학 등의 문학 연구를 통해서만 주목받던 스토리텔링이 새삼 새롭게 부각되는 이유는 무엇인가"라는 문장 이후의 진술은 모두 원문을 똑같이 그대로 옮겨 적은 것이다. 핵심 내용에 해당하는 많은 분량을 인용했으면서도, 인용된 부분의 시작과 끝을 정확하게 표시하지 않고 있다. 이런 경우 명백히 부적절한 인용 혹은 표절에 해당한다.

위의 예시글 정도의 분량을 인용했다면, 한 줄 띄어쓰기를 통해 직접 인용된 내용이 시작되는 부분을 분명하게 표시해야 한다. "이에 대해《로스앤젤레스 타임스》의 논설위원인 린 스미스(Lynn Smith)는 다음과 같이 설명한다"처럼 직접 인용임을 표시할 수 있는 문구를 삽입하고 한 줄 띄어쓰기를 하는 최소한의 예의를 갖추며, 인용된 글의 출처도 반드시 주석을 통해 밝혀야 한다.

간혹 국내에 소개되지 않았다는 점을 방패삼아 외국 논문의 많은 분량을 번역해 인용하면서도 인용 부분을 정확히 밝히지 않고 자신의 생각인 양 기술하는 경우가 있다. 이런 경우 역시 표절의 의혹으로부터 자유로울 수 없다. 번역 논문임을 표시하지 않는 것도 표절이 될 수 있다

● **활용하면 좋은 직접 인용 표시 구문**

— "A의 견해를 정리하면 다음과 같다."

— "A의 논의에 따르면 ~~는 다음과 같이 정리된다."

— "이에 관한 내용은 A의 ~~를 참조할 수 있다."

— "이에 대해 A는 ~~라고 설명한다."

최근 학계에서 선호되고 있는 간접 인용은 본문의 흐름을 방해하지 않는 세련된 느낌의 글쓰기를 구현할 수 있다는 장점을 지니지만 그만큼 표절에 노출되기 쉽다. 간접 인용은 인용된 내용과 글쓴이가 작성한 내용을 구분하는 표시를 하는데 제한적이기 때문이다. 그런 만큼 간접 인용에서는 인용한 부분의 시작과 끝 부분을 분명히 표시하는 것이 특히 중요하다. 인용하는 사람의 윤리 의식이 더욱 요구되는 인용 방법이라 하겠다.

간접 인용은 내용을 요약하여 인용하는 '요약 인용(summarizing)'과 요약된 내용을 글쓴이의 글의 맥락 속에 녹여내는 '바꿔 인용(paraphrasing)'이 있다. 요약 인용의 경우 요약된 문장의 어휘와 표현이 원문과 지나치게 겹쳐서는 안 된다. 요약 인용이라 하여 원문의 표현을 그대로 옮겨 적을 수 있다고 이해해서는 안 된다. 다른 사람의 글을 인용한 후 인용된 부분에 출처를 밝혔다 해도, 동일한 어휘와 표현을 정도 이상 사용하는 경우 표절의 의혹에서 벗어날 수 없다.

【간접 인용의 요약 인용】

【원문】

옛날에는 동물들이 인간보다 훨씬 성스럽고 신성한 성격을 지녔다.
원시인들에게는 〈인간〉이란 畇조차도 없었다. 그래서 오래도록 동
물의 질서는 창조의 질서였다. 오직 동물만이 신으로서 제물이 될
자격이 있으며, 인간의 제물화는 등급 단계가 낮아짐에 따라 그 후
에야 온다. 인간들은 동물로의 합병에 의해 성격이 규정된다.[1]

1) 장 보드리야르, 『시뮬라시옹』, 하태환 옮김, 민음사, 2001, 213쪽.

→ 장 보드리야르는 **그 옛날에는 동물이 인간보다 신성한 존재였기 때**
문에 제사의 제물로 선호되었다고 설명한다.[1]

1) 장 보드리야르, 『시뮬라시옹』, 하태환 옮김, 민음사, 2001, 213쪽.

바꿔 인용의 경우에는 원문의 내용을 나의 글의 맥락과 연결하
는 과정에서 원문의 의미가 왜곡되어서는 안 된다. 인용된 의미
는 정확히 전달하되 표현과 어휘는 달리 표현해야 하며, 역시 서
지 사항을 정확히 주석으로 달아야 한다. 참고로 재인용은 피할

수 없는 경우에 한해 인용과 재인용 두 편의 글 모두의 출처를 주석 처리하고 참고문헌에도 이를 명시하는 것이 원칙이다. 재인용은 원칙적으로 엄격하게 제한된다. 그러니 가능하면 늘 원전을 직접 확인하고 인용하는 것이 좋다.

【간접 인용의 잘못된 예】

바르바는 배우의 신체를 식민화된 것으로 생각했다. 철저히 훈련된 배우의 신체는 충동적 표현을 지향하는 것이 아니라 제2의 식민지를 건설한다는 것이다. 바르바는 극적 페르소나를 체현하는 드라마를 유기체인 신체에게 넘겨준 것이다.[1]

1)　한스-티스 레만(김기란 옮김), 『포스트드라마 연극』(수정판), 현대미학사, 2013, 390쪽.

【인용 원문】

바르바에게 배우의 신체란 **'식민화된'** 것으로 간주된다. 배우의 신체는 철저한 훈련을 필요로 한다. **철저히 훈련된 배우의 신체는 충동적 표현**을 지향하는 단순한 해방이 아니라, 바르바에 따르면, **'제2의 식민지를 건설하는 것'**을 의미하고, 그로부터 고양된 신체적 표현의 풍부함, 정확성, 긴장, 그리고 그것들과 함께 현존이 생겨난다. 바르바는 말 그대로 **체현된 극적 페르소나** 사이에서 생겨나는 **드라마**를 유기체인 신체에게 양도한 것이다.

【바로잡기】

바르바는 훈련을 통해 최적화된 배우의 신체를 충동을 표현하기 위한 도구가 아니라, "제2의 식민지를 건설하는 것"으로 이해했다.[1] 그에 따라 바르바는 자신의 연극 작업에서 극적 페르소나를 통해 구현되는 드라마 대신 신체를 선택했던 것이다.

---

1) 한스-티스 레만(김기란 옮김), 『포스트드라마 연극』(수정판), 현대미학사, 2013, 390쪽

앞의 잘못된 간접 인용글은 인용된 원문과 비교했을 때, 원문의 주요 어휘와 표현 중 연속된 유사 여섯 단어를 옮겨 적었다. 간접 인용을 하면서 이처럼 원문과 유사하거나 동일한 표현을 그대로 옮겨 적어서는 안 된다. 수정된 글처럼 핵심적인 내용을 판단해서 자신의 표현으로 적되, 원문 그대로 옮겨 적어야 한다고 판단되는 어휘나 어구는 "제2의 식민지를 건설하는 것"처럼 큰따옴표 (" ") 표시로 직접 인용구임을 표시해야 한다.

인용할 때 표절의 의혹을 받지 않기 위해서는 남의 글을 읽는 단계에서부터 인용할 글에 출처를 함께 적어두는 습관을 들여야 한다. 글에 특별한 표시가 없는 경우 시간이 지나면 남의 글인지

자신의 생각인지 구분하기 어렵기 때문이다. 또한 인용을 위해 정리해놓은 글이 인용한 원문 그대로인지 아니면 자신의 생각, 분석, 논평, 느낌을 덧붙인 글인지 분명히 표시하여 구분해야 한다.

다음의 조언에 따라 인용을 연습하는 것도 좋을 듯하다.

원문을 읽고 고개를 돌린 후 인용한 내용에 대해 잠시 생각한다. 고개를 돌린 상태 그대로 당신의 말로 인용한 내용을 말해본다. 그런 후에 원문을 단어마다 짚어가면서 당신이 쓴 문장에 똑같은 순서로 비슷한 말이 들어 있는지 점검해보라. 가능하면 한 번 더 점검하기 바란다.[18]

해당 논문이 몇 번이나 인용되었는지를 알려주는 인용지수는 논문의 가치를 측정하는 중요한 잣대 중 하나이다. 최근 인용지수와 관련하여 흥미로운 조사 내용을 접한 적이 있다.

노스웨스턴 대학 켈로그 경영대학원의 벤자민 존스 교수 등은 '웹 오브 사이언스(Web of Science)'의 자료를 이용해 논문이 철회된 후 해당 논문의 인용 빈도와 논문 철회 저자의 다른 논문들의 인용 빈도가 어떻게 바뀌는지를 조사했다. 자료의 전산화가 완료된 2000년 이후의 결과만을 다루었는데 저자의 자진 철회와 논문 편집권에 의한 강제 철회를 구분하여 조사했다. 그 결과 이

---

18   W. 부스·조셉 윌리엄스·그레고리 콜럼, 앞의 책, 265쪽

두 방법이 논문 철회 저자의 명성에 전혀 다른 결과를 가져온다는 사실을 알게 되었다.

자진 철회와 타의에 의한 철회 모두 철회된 논문의 인용 빈도는 급격히 떨어졌다. 그런데 철회된 논문의 저자가 타의에 의해 논문을 철회한 경우, 저자의 그 외 다른 논문에 대한 인용 빈도 역시 하락했으나, 자진 철회의 경우 오히려 저자의 그 외 다른 논문들의 인용 빈도는 수년간 소폭 상승했다. 이러한 결과를 관찰한 벤자민 존스 측은 다음과 같은 결론을 내렸다. 곧 **논문의 철회는 과학(학문)이 발전하는 정상적인 과정의 일부**라는 것이다. 물론이다. 자진 철회를 결정하는 행위, 즉 자신의 실수를 성찰하고 인정하는 행위는 학문하기의 한 과정이며 그것은 결과적으로 학문의 발전에 일조하는 행위이다. 논문이 본질적으로 성찰적 글쓰기여야 하는 이유를 여기에서도 찾을 수 있다.

최소한의 안전망, 주석 달기

주석 달기는 글은 물론 도표나 그림, 통계, 인터뷰 자료를 포함, 인용된 모든 자료의 출처를 밝히는 행위를 말한다. 주석 달기를 통해 글쓴이의 주장이 권위 있는 자료에 근거했음을 보여줄 수 있어 주장의 신뢰도와 객관성을 높일 수 있다. 인용된 자료에 정확하게 주석을 다는 것이 '근거가 잘 갖춰진 논문(well documented article)'의 주요 조건이 되는 이유이다.

인용된 내용에는 규정된 방식에 따라 정확하게 주석을 달아야 한다. 이러한 의무를 방기하는 경우 표절이 되며, 주석을 달았다 해도 그 방법이 적절하지 않으면 부적절한 인용으로 판단되어 광의의 표절로 수용될 수 있다. 보통 주석은 인용된 글이나 단어가 끝난 부분의 오른쪽에 붙인다. 한 논문에서 주석의 형식은 선택된 한 가지 형식을 일관되게 적용되어야 하며, 주석에서 요구되는 서지사항도 빠짐없이 기입되어야 한다.

● **주석을 반드시 달아야 하는 경우**
  ― 표나 그림을 인용했을 때
  ― 기존 자료에서 다른 이의 아이디어나 내용을 직접 인용했을 때
  ― 기존 자료에서 다른 이의 아이디어나 내용을 표현을 바꾸어 요약 인용했을 때
  ― 본문의 내용 이해에 도움이 되는 보충 내용을 제시하고자 할 때

● 인용한 글에 주석을 표시할 때 주의할 점

1) 직접 확인하지 않은 인용과 주석을 무단으로 도용하지 말 것 → **재인용으로 표시할 것**

2) 과시적인 불필요한 주석을 달지 말 것 → **꼭 필요한 인용만 효율적으로 활용할 것**

3) 인용한 부분의 시작과 끝을 주석 달기를 통해 명확히 표기할 것 → **본문에서 인용된 글의 주석은 인용된 문장이 끝난 부분의 오른쪽에 표시할 것**

4) 주석 달기의 형식은 일관되게 한 가지 형식을 유지할 것 → **분과 학문에서 선호되는 특정 양식을 선택해서 일관되게 적용할 것**

5) 주석 달기에 요구되는 서지사항은 빠짐없이 기입할 것 → **인용하려는 자료의 서지사항을 빠짐없이 정리해낼 수 없다면, 그 자료를 인용하지 말 것**

주석은 주석을 표시하는 위치에 따라 내주(內註), 외주(外註) 혹은 각주(脚註), 후주(後註) 혹은 미주(尾註)로 나누어 볼 수 있다. 내주는 본문 안에 괄호를 활용하여 주요 서지사항만 간략하게 기재하는 방식이며, 외주 혹은 각주는 주석을 달아야 하는 내용이나 부분이 있는 페이지의 본문 하단에 표시하는 방식이다. 후주 혹은 미주는 각 장이나 절의 끝 또는 논문의 끝에 모든 주를 일괄적으로 처리하는 방식이다. APA 양식처럼 내주만을 사용하는 경우도 있고, MLA 양식처럼 내주를 주로 사용하지만 외주(각

주)를 활용하는 경우도 있으며, 시카고 양식처럼 외주(각주)만 사용하는 경우도 있다.[19]

아래의 예는 MLA 양식의 본문 내 내주를 통해 주석을 제시한 경우다.

【가】민속이 제 고장에서 발휘하던 사회적·문화적 기능을 온전하게 발휘하면서 제때 제 고장 사람들에 의해 주체적으로 전승될 때 진짜 전통이라 할 수 있는 것이다(임해재 25). 그렇지 못한 상태에서 문화재로 지정되어 원형을 보존한다는 구실 아래 고정화시킨 박물관식 저장은 진정한 의미의 전통이 아니다. 그래서 문화적인 전통과 전통 사회의 문화를 구분하는가 하면(임영선 207), 살아 있는 전통(tradition)과 죽은 전통(traditum)을 구분한다(Reed 136).

【나】What conclusion might they have reached, one wonders, had they been aware of the narrow-aperture principle recently reported(Klein and Cane 199)?

【다】이혼은 이혼 당사자들에게 경제적 고통을 줄 뿐만 아니라 정

---

19 논문작성법편찬위원회 편, 『학술논문작성법』, 계명대학교출판부, 2003, 제6장 참조.

신 건강에도 심각한 영향을 미친다. 또한 부모의 이혼으로 인하여 자녀들은 생활 환경의 변화, 감정적 처리 문제, 새로운 가족관계 설정 등 심각한 스트레스를 경험하게 된다(성정현, 박한샘 204). 급증하는 이혼율은 우리 사회가 직면하고 있는 중요한 문제 중 하나이다(연문희 105). 일찍이 스위스의 신학자 에밀 브루너(Emil Brunner)는 현대 사회가 직면하고 있는 가장 큰 위기는 결혼과 가정의 붕괴라고 진단한 적이 있다(Parrott III and Parrott 191). 따라서 높은 이혼율을 낮추기 위한 노력이 지속되고 있고 다양한 연구가 시행되고 있다.

학술논문에서 주석을 제시하는 방법은 여러 가지가 있다. 연구자는 그중 어떤 방법을 선택해도 무방하지만, 연구자가 속한 분과 학문에서 선호하거나 권장하는 방법을 따르는 것이 일반적이다. 현재 국내에서 널리 사용되는 주석과 참고문헌 정리 양식으로는 15판(2003년)까지 출판된 시카고 대학의 『시카고 양식 매뉴얼(Chicago Manual of Style)』에 기초한 시카고 양식(CMS), 역시 시카고 대학의 케이트 튜라비안(Kate Turabian)이 『학술보고서, 논문, 학위논문 작성자를 위한 매뉴얼(A Manual for Writers of Term Papers, Theses, and Dissertation)』이라는 소책자로 발행한 튜라비안 스타일(Turabian Style), 1951년 발표된 'MLA Style Sheet'가 그 시초인 미국현대어문학협회 양식(MLA, The Modern Language Association of America)과 미국심리학회의 양식(APA, The American Psychological

Association)이 있다. 그 밖에 생물학 분야에서 사용하는 CSE 양식, 의학 분야에서 사용하는 AMA 양식, 화학 분야에서 사용하는 ACS 양식, 물리학 분야에서 사용하는 AIP 양식, 수학 분야에서 사용하는 AMS 양식, 법학 분야에서 사용하는 Bluebook 양식이 있다.

인용된 글에 주석을 달 때는 선택된 하나의 양식을 일관되게 적용해야 한다. 또한 각각의 양식에서 사용되는 기호, 곧 마침표 (.), 따옴표(" "), 쉼표(,), 앤드 기호(&)와 라틴어 약자 등을 임의대로 변경해서는 안 되며, 서지사항을 배열하는 순서를 임의로 바꾸어서도 안 된다. 모두 약속된 규정이기 때문이다. 그 외 각주와 참고문헌은 서지사항의 정리가 종료된 후 반드시 마침표(.)를 찍어 마무리한다.

현재 국내 인문과학 분야에서 널리 알려지고 사용되는 MLA 양식(2004년)과 사회과학 분야에서 사용되는 APA 양식(2004년), 두 분야에서 두루 사용되는 시카고 양식(2004년)을 이용해 부록에서 본문 내주와 외주, 참고문헌 형식을 정리해보았다.[20] 부록의 예시는 APA와 MLA의 2015년판 최신 양식이 아니므로, 만약 최신판을 참조하거나 다양한 자료에 적용한 예를 좀 더 참조하고 싶다면, 아래의 미국 내 학회 사이트에 접속해서 확인해보기

20　찰스 립슨, 『정직한 글쓰기: 표절을 예방하는 인용법 길잡이』, 김형주·이정아 옮김, 멘토르, 2008.

를 권한다.

국내 학회지의 주석 달기 규정도 부록으로 소개했다. 국내의 경우 대개 앞서 소개한 서구의 주석 달기 양식을 이용하지만, 국내 사정에 맞게 일부는 변형하여 사용하기도 한다. 가령 흘림체 표기의 경우 한글 표기에는 적당하지 않기 때문에 대신 진하게 표시하기도 한다.

● **MLA, APA, 시카고 양식, 튜라비안 양식의**
  최신 버전을 확인할 수 있는 홈페이지

MLA	owl.englisch.purdue.edu/owl/resource/747/01/
APA	www.apastyle.org/learn
CMS	www.chicagomanualofstyle.org/home.html
Turabian Style	www.press.uchicaga.edu/books/turabian/ turabian_citationguide.html

시카고 양식

단행본	저자별	각주	저자명, 책제목(발행지: 발행처, 발행년도), 인용쪽수. *저자가 2명인 경우 저자 이름 사이에 국내 서적은 중간점('·'), 국외 서적은 'and'로 표기한다. *참고문헌에서 국외 서적의 저자 이름은 '성, 이름'으로, 각주에서 국외 서적의 저자 이름은 '이름 성'으로 표기한다.
		내각주형 각주	저자명, 책제목, 짧게 줄인 책제목.
		참고문헌	저자명. 책제목. 발행지: 발행처, 발행년도.
	국내	각주	전후연, 이방가르드란 무엇인가(서울: 민음사, 2002). 58. 김혜숙·김혜련, 예술과 사상: 제3개정판(서울: 이화여대출판부, 1996). 22.
		내각주형	전후연, 이방가르드란 무엇인가, 58.
		참고문헌	전후연. 이방가르드란 무엇인가. 서울: 민음사, 2002.
	국외	각주	Robert M. Townsend, The Medieval Village Economy(Princeton: Princeton University Press, 1993), 43–44.
		내각주형	Townsend, The Medieval Village Economy, 43–44.
		참고문헌	Townsend, Robert M. The Medieval Village Economy. Princeton: Princeton University Press, 1993.
학위논문	저자별	각주	저자명, "글제목"(학위명, 학위수여대학, 학위수여연도), 인용쪽수.
		내각주형 각주	저자명, "짧게 줄인 제목".
		참고문헌	저자명. "글제목". 학위명, 학위수여대학, 학위수여연도.
	국내	각주	서영채, "무정 연구"(석사학위논문, 서울대학교, 1992), 34.
		내각주형	서영채. "무정 연구".

분류	구분	지역	유형	내용
			참고문헌	서영채, "무정 연구". 석사학위논문. 서울대학교, 1992.
정기 간행물	제시범		각주	저자명, "글제목", *장기간행물명* 권수(연월저) : 논문 시작과 끝 쪽수.
			간략형 각주	저자명, "짧게 줄인 글제목", 논문 시작과 끝 쪽수.
			참고문헌	저자명, "글제목", *장기간행물명* 권수(연월저) : 논문 시작과 끝 쪽수.
	제시예	국내	각주	김종태, 정해은, "신문과 방송자료의 데이터베이스시스템 구축", *정보과학회지* 29(1995 가을호) : 41–53.
			간략형	김종태, 정해은, "신문과 방송자료의 데이터베이스시스템 구축", 41–53.
			참고문헌	김종태, 정해은, "신문과 방송자료의 데이터베이스시스템 구축", *정보과학회지* 29(1995 가을호) : 41–53.
		국외	각주	John W. Bennett, The Interpretation of Pueblo Culture: A Question of Values", *Southeastern Journal of Anthropology* 2(1981): 363–375.
			간략형	Bennett, "The Interpretation of Pueblo Culture: A Question of Values". 363–375.
			참고문헌	Bennett, John W. "The Interpretation of Pueblo culture : A question of values". *Southeastern Journal of Anthropology* 2(1981): 363–375.
번역서	제시범		각주	저자명, *책제목*(원본 출판년도), 번역자 표시와 번역자(발행지 : 발행처, 번역본 발행년도), 인용쪽수.
			간략형 각주	저자명, *책제목*, 짧게 줄인 제목.
			참고문헌	저자명, *책제목*. 원본 출판년도, 번역자 표시와 번역자. 발행지 : 발행처, 번역본 발행년도.
	제시예	국내	각주	한스-티스 레만, *포스트드라마 연극*(1999), 김기란 옮김(서울 : 현대미학사, 2013), 534.
			간략형	한스-티스 레만, *포스트드라마 연극*.
			참고문헌	한스-티스 레만, *포스트드라마 연극*. 1999. 김기란 옮김. 서울 : 현대미학사, 2013.

	국외	각주	Max Weber, *The Protestant Ethic and the Spirit of Capitalism*(1904–5). Trans. Talcott Parsons(New York : Charles Scribner's Sons, 1958), 176.
		간략형	Weber, *Protestant Ethic*, 176.
		참고문헌	Weber, Max. *The Protestant Ethic and the Spirit of Capitalism*. 1904–5. Trans. Talcott Parsons. New York : Charles Scribner's Sons, 1958.
온라인 자료	제시예 국외	각주	John Reed, *Ten days that shook the world*(1860–61 ; Project Gutenberg, 1998), etext 3076, ftp://ibiblio. org/pub/docs/books/gutenberg/etext02/10daz10.txt. * 자자명, 책 혹은 글제/목(간행년도 ; 웹사이트, 업록년도), 전자문서표지 전자문서번호, URL. * 전자문서번호는 필수 사용은 아닙니다.
		각주	Reed, *Ten days that shook the world*.
		참고문헌	Reed, John. *Ten days that shook the world*(1860–61 ; Project Gutenberg, 1998). Etext 3076, ftp://ibiblio. org/pub/docs/books/gutenberg/etext02/10daz10.txt. * 전자문서표지인 'Etext'의 머리글자를 대문자로 표기한다.

MLA 양식

단행본	저자범		내주	(저자명 혹은 단체명, 쪽계 줄인 책제목 인용쪽수) 혹은 (저자명 혹은 단체명 인용쪽수)
			각주	저자명, 책제목(발행지 : 발행처, 발행년도) 인용쪽수.
			참고문헌	저자명. 책제목. 발행지 : 발행처, 발행년도.
	저자이에	국내	내주	(김기린 28–41) (김자수, 외 17)
			각주	김기린, 국장국가 연구(서울 : 현실문화, 2015) 109.
			참고문헌	임춘성. 기업정보화 방법론. 서울 : 커뮤니케이션북스, 2007.
		국외	내주	(Frye, Anatomy of Criticism 47–51) 혹은 (Frye 47–51)
			각주	Eudora Welty. One Writer's Beginnings(Princeton : Princeton University Press, 1984) 184.
			참고문헌	Binder, Guyora, and Robert Weisberg. Literary Criticisms of Law. Princeton: Princeton UP, 2000.

*국외 서적의 저자명은 내주에서는 '성'만, 각주에서는 '이름 성', 참고문헌의 경우 '성, 이름'으로 표기한다. 참고문헌에서 저자가 2명 이상인 경우 첫 번째 저자만 '성, 이름'으로 표기하지만 '성, 이름'으로 표기한다. 두 번째 저자부터는 '이름 성'으로 표기한다.

학위논문	저자범		내주	(저자명 인용쪽수)
			각주	저자명, "논문제목". 학위명. 수여기관명. 수여년도, 인용쪽수.
			참고문헌	저자명. "논문제목". 학위명. 수여기관명. 수여년도.
	저자이에	국내	내주	(김기린 10)
			각주	김기린. "한국 근대계몽기 신연극 형성 과정 연구". 박사학위논문. 연세대학교, 2004, 45.
			참고문헌	김기린. "한국 근대계몽기 신연극 형성 과정 연구". 박사학위논문. 연세대학교, 2004.

				(저자명 인용쪽수)
정기 간행물	지시범		내주	(저자명 인용쪽수)
			각주	저자명, "논문제목", 간행지명 권 호 (간행년도) : 인용쪽수.
			참고문헌	저자명. "논문제목". 간행지명 권 호 (간행년도) : 인용논문의 시작과 끝 쪽수.
	지시예	국내	내주	(김종태, 정해룡 56)
			각주	김종태, 정해룡. "신문과 방송자료의 데이터베이스 시스템 구축". 정보과학회지 29. 12 (1995) : 56.
			참고문헌	김종태, 정해룡. "신문과 방송자료의 데이터베이스 시스템 구축". 정보과학회지 29. 12 (1995) : 41~67.
번역서	지시예	국내	내주	(Langman 23)
			각주	J. Langman, 의학생태학 : 정상과 이상. 김동창 옮김(서울 : 최신의학사, 1981) 23.
			참고문헌	Langman, J. 의학생태학 : 정상과 이상. 김동창 옮김. 서울 : 최신의학사, 1981.
		국외	내주	(Weber 11~13)
			각주	Max Weber, The Protestant Ethic and the Spirit of Capitalism, (1904-5). Trans. Talcott Parsons(New York : Charles Scribner's Sons, 1958) 11~13.
			참고문헌	Weber, Max. The Protestant Ethic and the Spirit of Capitalism. (1904-5). Trans. Talcott Parsons, New York : Charles Scribner's Sons, 1958.
온라인 자료	지시범		내주	(저자명 혹은 "제목" 권수 : 쪽수)
			각주	저자명 혹은 "제목" 혹은 (저자명 권수 : 쪽수)
			참고문헌	저자명. "자료명", 사이트명. 편자명, 자료접속일자 <네트워크 주소나 URL>
	지시예	국내	내주	("전통문화")

				내용
신문기사	제시예	국외	각주	"전통문화", Encyber, 두산세계대백과 엔싸이버, 2005년 7월 26일 〈http://www.encyber.com/trad/trcu01.html〉
			참고문헌	"전통문화". Encyber. 두산세계대백과 엔싸이버, 2005년 7월 26일 〈http://www.encyber.com/trad/trcu01.html〉
			내주	(Sam Howe Verhovek)
			각주	Sam Howe Verhovek, "Some in Seattle Believe Two Microsofts Might Be Better Than One," The New York Times, 1 May 2000, 3 June 2005 〈http://www.nytimes.com/library/tech/00:05/biztech_articles/01seat.html〉
		국내	내주	(김민아 8면)
			각주	김민아, "학교폭력, 무엇이 문제인가", 경향신문 2012년 4월 9일 : 8면.
			참고문헌	(김민아. "학교폭력, 무엇이 문제인가". 경향신문 2012년 4월 9일 : 8면.

APA 양식

대분류	구분			내용
단행본	저서명		내주	(저자명, 발행년도, 인용쪽수) 혹은 (저자명, 발행년도)
			참고문헌	저자명. (발행년도). 책제목(편자 표시), 발행지 : 발행처.
		국내	내주	(김기란, 2011) (이기영 & 손지영, 1989, p.12)
			참고문헌	김호순. (2013). 근대 경제학의 위기. 서울 : 삼도. 최기숙 (편). (2014). 감성사회. 서울 : 글항아리.
	저서예	국외	내주	(Townsend, 1985, pp. 43~44) (Elster, Minow, & Moene, 1989) (Johnson et al., 2003)
			참고문헌	Townsend, R. M. (1983). *The medieval village economy*. Princeton: Princeton Univ. Press. Robinson, D. N. (Ed.). (1992). *Social discourse and moral judgment*(4th ed.). San Diego, CA: Academic Press.
	* 국외 서적의 경우 참고문헌은 '성, 이름(이름은 첫 머리글자만 표기)'으로 표기하되, 내주에는 저자의 성만 적는다. 공저자는 5명까지 이름을 표기하된다, 그 이상은 대표 저자와 'et al.'로 표시한다.			
정기간행물	저서명		내주	(저자명, 발행년도, 인용쪽수) 혹은 (저자명, 발행년도)
			참고문헌	저자명. (발행년도). 논문제목. *장기/간행물 제목, 권(호)*, 인용논문의 시작과 끝 쪽수. * 원칙적으로 권만 표시하지만, 호수가 필요할 때는 적는다.
		국내	내주	(김흥균, 2009, p. 20)
			참고문헌	김흥균. (2009). 기후변화협약체제와 WTO체제의 충돌과 조화. *법학논총. 26*, 65~85.
	저서예	국외	내주	(Bekerian, 1993, p. 675)
			참고문헌	Bekerian, D. A. (1993). In search of the typical eyewitness. *American Psychologist, 48*, 674~676.

유형	지시	국내/국외	구분	내용
학위논문	지시예	국내	내주	(김기란, 2004)
			참고문헌	김기란. (2004). 한국 근대계몽기 신연극 형성 과정 연구. 박사학위논문. 연세대학교, 서울.
	지시법		참고문헌	(지은이 성, 원본 출판년도/번역본 출판년도) 저자명. (번역본 출판년도). 번역된 책제목. 번역자(옮김. 국어서의 경우 trans.로 적는다). 발행처 : 발행지. (원본 출판년도) *마침표(.)는 번역책의 출판시를 적은 후 적는다. (원본 출판년도) 다음에는 마침표를 찍지 않는다.
번역서	지시예	국내	내주	(Lehmann, 1999/2013)
			참고문헌	Lehmann, Hans-Thies. (2013). 포스트드라마 연극. 김기란 (옮김). 서울 : 현대미학사. (원서 출판 1999)
	지시예	국외	내주	(Weber, 1904/1958, pp. 117–118)
			참고문헌	Weber, M. (1958). The Protestant ethic and the spirit of capitalism. Parsons, T(Trans.). New York : Charles Scribner's Sons.(Original work published 1904–1905)
온라인 자료			내주	(Reed, 1922)
	지시예		참고문헌	저자명. (출판년도). 책제목. 웹 사이트, 전자 문서 번호. 검색(국외서의 경우 Retrieved로 표시) 월 일. 검색년도. URL *URL 뒤에 마침표(.)를 찍지 않는다. Reed, J. (1922). Ten days that shook the world. Project Gutenberg. Etext 3076. Retrieved January 12, 2004, from ftp://ibiblio.org/pub/docs/books/gutenberg/etext02/ 10az10.txt
신문기사			내주	("짧게 줄인 제목", 발행년도) 혹은 (짧게 줄인 기사의 성, 발행년도) ("가정폭력, 아이들이 맞고 있다". 2015) (Bruni, 2003, December 26)
	지시예		참고문헌	가정폭력, 아이들이 맞고 있다. (2015, 4월 9일). 경향신문. 8면. Bruni, F. (2003, December 26). Pope pleads for end to terrorism and war. New York Times, p. A21.

논문의 힘 요약노트

- 인용은 논증을 위한 논리적 안전장치이자 지식을 수용, 확장하는 학술적 교류 활동이다.

- 인용은 타인의 글이 내 논문에 도움이 되었다는 것을 알리는 행위이자 뛰어난 연구에 주어지는 정당한 보상이다.

- 인용된 부분은 정확하게 표시하고 정확한 서지사항을 통해 인용된 자료의 출처를 밝혀야 한다.

- 간접 인용의 경우 표절에 노출되기 쉬우므로 더 주의해야 한다. 문장의 어휘와 표현이 원문과 지나치게 겹쳐서는 안 된다는 점을 명심하라.

- 표절의 덫에 빠지지 않기 위해 타인의 글을 읽는 단계에서부터 출처를 함께 적어두는 습관을 기르자.

- 정확한 주석 달기를 통해 논문의 신뢰도와 객관성을 높이고 부적절한 인용 혹은 광의의 표절에서 벗어나자.

- 인용된 글에 대한 주석과 참고문헌 정리는 시카고, MLA, APA 양식 등의 규정된 양식에 따라 정확하게 표기되어야 한다.

7장

간결하고 정확한
논문 문장 쓰기

논문 문장은 어떻게 다른가

논문을 심사받는 과정에서 학생들은 "무엇을 말하려는 건지 알 수 없다", "글이 어렵다", "잘 읽히지 않는다"라는 지적을 종종 받는다. 이는 문장의 내용이 정확하게 전달되지 않는다는 점을 지적하는 것이다. 반복적으로 등장되는 어휘, 의도치 않게 길어지는 문장, 과도하게 압축된 명사형 표현, 번역된 문장 표현, 내용 없는 수사적 표현이 논문에 나타나는 것은 흔한 경험이다. 이런 상황에는 논문의 어휘는 복잡하고 어려운 것이어야 한다거나 논문의 문장은 지적 무게감이 느껴지는 길고 장중한 문체여야 한다는 선입견도 작용한다. 문장을 짧게 정리하면 유치한 내용처럼 보인다고 난색을 표하는 경우를 심심치 않게 마주하게 된다. 결론적으로 말하면, 문장의 미덕은 간결하고 정확하면서도 쉬운 표현에서 찾을 수 있으며, 논문의 문장 역시 이러한 미덕을 요구받는다.

물론 논문이라는 글의 문장이 지닌 특수성도 존재한다. 간결하고 쉽게 표현하는 것이 논문 문장의 미덕이라고 할 때, '간결하고 쉽다'는 내용은 다소 조심스럽게 접근할 필요가 있다. 분과 학문 혹은 연구주제에 따라 쉽고 간단한 어휘나 문장구조를 통해서는 온전히 표현할 수 없는 전문적 내용이나 지식도 존재하기 때문이다. 어느 정도의 수사적 표현이 논문의 내용으로 수렴되는 분과 학문도 있고 심지어 그런 양상을 선호하는 경우도 있다.

그러므로 논문의 문장이 간결하고 쉽다는 것은, 개념적 어휘나 논문의 내용이 쉽다는 것(학술 공동체의 일원을 잠재적 독자로 전제할 때)을 의미하는 것이 아니라, 내용을 전달하는 수단이자 생각의 구조인 '문장구조'가 정확하게 정리되어 있다는 측면에서 이해되어야 한다. 곧 문장이 복잡하게 꼬여 있다면 내 생각이 아직은 정리되지 못한 채 부유하고 있다고 판단해야 한다. **연결되는 문장을 통해 구성된 문단, 문단이 배치된 구조는 곧 글쓴이가 가진 생각의 구조이기 때문이다.**

논문은 어려운 전문적인 내용을 다루는데 그 내용을 전달하는 문장구조마저 정리되지 않아 복잡하다면 가독성에 방해가 될 수 있다. 쉽게 말해 잘 읽히지 않는다는 것이다. 가독성을 떨어뜨리는 두 줄 이상의 긴 문장, 사물 주어와 피동형으로 이루어진 번역투의 어색한 문장, 불필요한 표현들이 중첩되어 꼬인 문장을 간결하게 정리하고, 내용 없는 장식적 수식어를 배제하는 것이 논문의 가독성을 높이는 방법이다. 논문에서 수식어는 문장의 의미를 조건화하거나 한정하는 경우에 제한적으로 사용하는 것이 좋다. 논문은 화려한 해석이 아니라 논리적 분석, 개성적 단어가 아니라 정확한 개념, 동어 반복적인 잡다한 설명이 아니라 분명한 논점으로 구성되는 글이기 때문이다.

내 생각을 글로 표현하는 것도 어렵지만 사회적으로 구축된 글쓰기 규약, 장르적 규정에 어울리지 않는 경우가 있다. 그러니 논문을 쓰기에 앞서 분과 학문의 좋은 논문을 골라 읽으며 선호되는 문장의 스타일에 대해 생각해보는 것도 필요하다.

논문의 문장 쓰기에서 특히 주목해야 하는 부분은 **서술어와 주어**이다. 한 연구에 따르면, 인문학과 사회과학에서는 "말하다, 암시하다, 논증하다, 주장하다, 강조하다, 제안하다, 덧붙여 말하다, 생각하다, 기술하다, 분석하다, 토론하다, 보여주다, 발견하다, 제안하다"[21] 등의 서술어 내용이 선호된다고 한다. 그런데 이 중 내가 어떤 내용을 강조하고자 할 때, "강조한다"라는 서술어만을 반복해서 사용하지는 않는다. 내용에 대한 확신과 주장의 강도에 따라 유사한 의미를 지니지만 표현이 다른 동사를 선택할 수 있다. "~에 의미를 부여할 수 있다, ~가 주목된다, ~를 강조해도 모자람이 없다, ~이 요구된다" 등등 다양한 서술어가 선택될 것이다.

논문은 화려한 문체를 과시하는 정서적인 글이 아니기 때문에, 서술어를 다양하게 변화시키는 것 역시 문체의 과시가 아니라 내용에 대한 태도를 한정하기 위한 것이다. "의미를 부여할 수 있다"는 표현은 주장의 내용에 대한 절대적 확신보다 주장의 부족한 부분에 대한 여지를 인정하는 겸손한 느낌을 준다. 마찬

---

21   오토 크루제, 앞의 책, 66쪽.

가지로 "~이다", "~일 수 있다", "~인 것이다", "~라 할 수 있다", "~라 할 수 있을 것이다"는 의미의 차이는 없지만, 주장을 대하는 글쓴이의 태도의 차이는 드러난다. 인용의 대상이 되는 공인된 정보는 "~이다"라는 서술 표현을 쓰지만, 내 주장을 담아내는 표현은 어느 정도 여지를 두어, "~라 할 수 있다" 정도로 표현한다. 논문에서 "~이다"라는 동사가 자주, 많이 등장하면 주장을 분명하게 전달하는 데에는 효과적이지만 단정적이라는 느낌을 줄 수 있다.

한편 많은 논문에서 판단하거나 서술하는 '나'를 행위자 혹은 서술자로 삼는 '1인칭 서술'은 기피된다. 1인칭 서술은 대상에 주관적으로 접근하는 것처럼 보일 수 있다고 생각하는 경향이 있다. 그래서 서술의 대상이 되는 객체가 주어 자리에 등장하고, 문장은 피동 형식으로 표현된다. 이런 문장은 객관적 진술처럼 읽힐 수 있지만, 다른 한편 문장 내용에 대한 '나'의 판단은 유보되고 '나'의 논점이 숨어버린다.

다음의 예시 문장을 비교해보자.

【가】 동해바다를 살리는 길은 군관민이 협조하여 동해의 천연자연을 보호하는 것이다.

【나】 동해바다를 살리기 위해서는 군관민이 협조하여 동해의 천연자연을 보호해야 한다.

【가】의 주어는 '길(방법)'이라는 추상적 대상이다. 이에 비해 문장 【나】는 행동할 수 있는 사람 집단 즉, '군관민'이 주어로 설정되어 주장의 결의를 강조하는 효과를 발한다. 논문을 쓰다 보면 '나는, 그것은, 우리는, 사람들은, 방법은' 등등 중 무엇을 문장 주어로 표기할까 고민이 생겨난다. 앞의 예를 통해 설명하자면, 진술하는 문장 내용에 대한 책임, 입장, 판단을 유보하고자 할 때에는 【가】와 같이 대상을, 관점이나 판단을 분명히 제시하고자 할 때에는 【나】처럼 판단할 수 있고 행동할 수 있는 행위자를 주어로 배치하는 것이 효과적이다.

문장 주어를 무엇으로 설정하는가 하는 문제는 '진술된 내용의 책임'을 누구에게 부여할 것인가라는 일종의 '관점'의 문제와 연관된다. 논문은 글쓴이의 주장 혹은 관점을 담은 글이기 때문에 문장 쓰기 역시 주장 혹은 관점에 대한 책임으로부터 자유로울 수 없다. 이와 관련하여 논문 문장의 주어를 설정할 때에는 다음의 지적을 곰곰이 되씹어보아야 할 것이다. "우리는 주어로 자주 나타나는 행위자를 가장 잘 기억하는 경향이 있다. 또 그러한 행위자가 이야기 속에서 벌어지는 상황에 더 결정적인 역할을 한다고 생각한다. 글솜씨 좋은 사람들은 이와 같이 문장의 주어를 조작함으로써 자신이 원하는 대로 독자 스스로 판단하게끔 만든다."[22]

이와 함께 고려해야 할 점은 '화제 중심 언어(topic oriental language)'라는 우리말의 특수성이다. 여기서 '화제'란 문장이 서술하고 있는 중심 어휘를 말한다. 우리말은 영어와 달리 주어, 목적어, 부사어 등을 문장의 맨 앞 자리에 배치해 화제로 설정할 수 있고,[23] 이때 화제로 설정되는 어휘는 문장 전체에서 가장 강조되고 환기된다. 이와 같은 우리말의 화제 설정 기능을 십분 활용해 문장이 서술하려는 핵심적 대상 혹은 중심 어휘를 문장의 맨 앞자리에 배치하면 글의 핵심적 내용을 전달하는 데 효과적이다.

다음의 예시글을 비교해보자.

【가】북한이 2009년 5월 25일에 지난 2006년 10월 1차 핵실험이 이루어졌던 함경북도에서 2차 핵실험을 단행함으로써 6자회담을 통한 한반도 비핵화는 중대한 위기에 직면하게 되었다. 이에 중국은 북한의 2차 핵실험과 미사일 시험 발사를 강력하게 규탄하는 성명을 발표하였다. 북한의 후견인이라고 말할 수 있는 중국이 북한 핵실험으로 딜레마에 직면하게 되었다. 이러한 상황에서 중국과 북한의 관계는 중요한 관심 대상으로 되었고 또한 중국의 대북한의 인식을 살펴보아야 할 필요성이 있다고 본다.

------

22   조셉 윌리엄스·그레고리 콜럼, 『논증의 탄생』, 윤영삼 옮김, 라성일 감수, 홍문관, 2007, 473쪽.

23   조셉 윌리엄스·그레고리 콜럼, 위의 책, 420쪽.

【나】북한은 2006년 10월 1차 핵실험에 이어 2009년 5월 25일 2차 핵실험을 단행했다. 북한의 2차 핵실험은 6자회담을 통한 한반도 비핵화 시도에 대한 위기감을 고조시키는 한편 북한의 후견인을 자처한 중국을 딜레마에 빠트리는 정치적 행동이었다. 이에 중국은 북한의 2차 핵실험과 미사일 시험 발사를 강력하게 규탄하는 성명을 발표했다. 이러한 상황에서 중국과 북한의 관계는 국제 사회의 관심을 끌며 중국의 대북한 인식을 살펴보아야 할 필요성을 제기한다.

위 예시글에서 중심 어휘(핵심어)는 제목에서 환기되는 것처럼, '북한, 중국, 중국의 인식 변화' 등이다. 이러한 중심 어휘가 문장 배치상 계통적으로 배치되어야만 중심 어휘들이 맺는 상관성과 그 내용이 효과적으로 제시될 수 있다. 【가】는 학생이 쓴 원문이고, 【나】는 우리말의 화제 설정 기능을 염두에 두고 원문을 수정한 글이다. 【나】의 수정글은 【가】의 원문에서 중심 어휘의 위치만 변경하여 화제를 새로 설정한 것이다. 화제를 내용 전개에 따라 계통적으로 정리하여 "북한 – 북한의 2차 핵실험"/"이에" "중국"/"이러한 상황에서" "중국과 북한의 관계"로 배치했다. 【나】는 새로운 내용을 추가하거나 삭제하지 않았음에도 전혀 다른 글처럼 읽히며 초점화된 중심 어휘에 독자를 집중시킨다.

논문에서 내용의 초점화는 매우 중요하다. 독자의 시선을 특정한 상세 내용으로 유도해야 하기 때문이다. 논문의 형식에서부터 문장 쓰기까지 드러내야 할 핵심적 지식을 초점화하는 전략은 일관되게 관통되어야 한다. 이것이 논문 문장 쓰기에서 우리말의 화제 설정 기능을 적극적으로 활용해야 하는 이유이다.

논문의 문장은 대개 현재형의 서술을 기본으로 한다. 정보를 정확히 전달하고 감정적 표현을 배제하기 위한 것이다. 현재형의 서술은 주장, 설명, 판단(논평), 논증으로 세분화할 수 있다. 이 각각의 서술은 성격이 다른 만큼 문장 쓰기에서부터 구분해서 표현되는 것이 좋다. 다음의 좋은 문장과 나쁜 문장의 구분 역시 이로부터 시작된다.

좋은 문장과 나쁜 문장

미덕을 갖춘 문장력은 단기간에 성취될 수 있는 능력이 아니다. 하지만 실망할 필요는 없다. 흔히 글쓰기 하면 떠올리는 수려한 문장력은 논문의 중심 요소가 아니다. 논문은 논리적 사유 체계를 구성하는 글이기에 논문의 문장에게 요구되는 덕목도 사유 체계를 논리적으로 전달할 수 있는 '명확하고 간결한 구조'를 지닌 '쉽게 읽히는 문장'이다.

논문은 화려한 수사를 통해 생각을 포장하는 글이 아니라 오히려 수사를 벗어내어 현상, 사실, 주장 등의 차이를 정확하게 전달하는 글이다. **가난한 생각에 깃드는 것이 천박한 수사다.**[24] 내용이 허술할수록 내용의 빈틈을 수사적 표현들이 채우게 된다. 정확한 실험 결과를 객관적으로 보고하는 이공학 계열 논문에서 수식어(관형어와 부사)가 거의 사용되지 않는다는 점은 음미해야 할 사항이다.

논문이 요구하는 좋은 문장을 쓰고 싶다면 다음 열 가지 사항에 주의하여 논문의 문장을 정리·검토·교정하라. 명확하고 간결

24　캐나다의 워털루 대학교 박사과정 연구원 고든 페니쿡이 「심오해 보이는 헛소리(pseudo-profound bullshit)에 대한 식별능력과 수용현상에 관하여」라는 논문에서 증명한 바에 따르면, "지능이 낮고 생각을 많이 하지 않는 사람일수록 지적인 것처럼 보이는 '헛소리'를 심각하게 받아들이는 경향"이 있다고 한다.

하여 쉽게 읽히는 문장을 구사하는 데 도움이 될 것이다. 막연하게 문장을 잘 고쳐 써야지 하는 생각만으로는 문장을 어디서부터 어떻게 고쳐야 할지 알 수 없다. 아래의 열 개 항목을 기준으로 검토하면 내 문장이 지닌 문제점을 구체적으로 개선할 수 있다.

1. 숫자가 등장하는 통계 내용은 조건과 함께 정확히 제시한다.

숫자가 등장하면 정확한 내용일 것이라고 믿는 경향이 있다. 하지만 '통계야말로 가장 분명한 거짓말'일 수 있다. 특히 논문처럼 연구내용 관련 숫자를 언급하게 될 경우에는 숫자가 속한 조건이 정확하게 표현되어야 한다.

가령 "우리 학교 운동부 학생 중 50%가 명문 대학교에 진학했어"라는 문장 표현은 자칫 상황을 과장하는 것처럼 오해될 수 있다. 50%라는 비율이 산출된 내용이 구체적이지 않기 때문이다. 운동부 학생 전체 인원이 두 명인데, 그중 한 명만 명문 대학교에 진학해도 50%라는 통계는 가능하기 때문이다. 통계를 산출한 조건이 함께 고려되지 않는다면 통계는 의미를 지닐 수 없다.

【가】 버뮤다 섬 앞바다에 있는 버뮤다 삼각수역은 수많은 배와 비행기가 불가사의하게 사라져버린 곳으로 유명하다. 지난 10년 동안만 해도 수십 대의 배와 비행기가 실종됐다.[25]

【나】버뮤다 섬 앞바다에 있는 버뮤다 삼각수역은 배와 비행기가 불가사의하게 사라져버리는 것으로 유명하다. 지난 10년 동안 만 해도 이 해역을 통과한 2만여 대의 배와 비행기 중 수십 대의 배와 비행기가 실종됐다.

위의 예시의 경우 '수십 대'라는 숫자는 버뮤다 삼각수역을 통과한 전체 배와 비행기 숫자와의 대비 속에서만 '수많은'이라는 내용으로 확정될 수 있다. 2만여 대의 배와 비행기 중에서 수십 대가 실종되었다면 그 실종 비율은 다른 수역과 비교하여 보통의 수준이거나 오히려 낮은 수준일 수도 있다. 문장에서 통계자료나 숫자를 언급해서 내용의 신뢰를 높이려 한다면, 특히 통계나 숫자의 산출 근거와 상황 등을 주의해서 함께 정확히 제시해야 한다. 통계 자료 활용의 오류를 적나라하게 보여주는 다음의 사례에 주목하자.

1985년 세계적인 음료 브랜드 중 하나인 코카콜라는 주력 상품을 '뉴 코크'로 전환하는 대대적인 마케팅 계획을 세웠다. 하지만 뉴 코크가 출시되자마자 코카콜라 고객들의 항의전화가 빗발쳤다. 코카콜라 측은 부랴부랴 '코크 클래식'을 출시하며 진화 작업에 나섰지만, 한 번 등 돌린 고객들은 다시 돌아오지 않았다. 이 기회를 틈타 만년 2위였던 펩시콜라는 엄청난 매출을 올렸다.

---

25   앤서니 웨스턴, 『논증의 기술』, 이보경 옮김, 필맥, 2007, 50쪽에서 예시 인용.

코카콜라가 이런 실수를 하게 된 것은 펩시콜라의 '펩시 챌린지'라는 TV 광고 때문이었다. 광고의 내용은 구분할 수 없이 똑같은 컵에 담긴 코카콜라와 펩시콜라를 시음한 후 더 맛이 좋은 것을 선택하는 것이었는데, 놀랍게도 시음한 사람들의 대부분이 펩시콜라를 선택한 것이었다. 당황한 코카콜라 측은 비상회의를 거쳐 전설의 코카콜라 제조 비법에 변화를 주었다. 펩시콜라처럼 단맛이 강화된 맛으로 제조한 것이다. 그렇게 탄생한 것이 뉴 코크였다.

그러나 그 결과는 앞서 살펴본 대로 재앙 그 자체였다. 왜 이런 일이 일어난 것일까. 이유는 간단했다. 뉴 코크를 준비하면서 코카콜라 측은 코카콜라 수뇌부를 경악시킨 광고의 시음 조건을 정확히 따져보지 않았던 것이다. 펩시 챌린지의 시음 조건은 콜라를 한 모금씩 천천히 음미하는 방식이었다. 그것은 무더운 여름, 냉장고에서 콜라 한 캔을 꺼내 벌컥벌컥 들이켜는 것과는 전혀 다른 방식이다.

사람들은 한 모금씩 시음할 때는 펩시처럼 달콤한 맛을 선호한다. 그러나 병이나 캔에 든 콜라를 단번에 마실 때에는 오히려 단맛에 질릴 수가 있다. 펩시는 코카콜라보다 달다. 그래서 한 모금 시음 테스트에선 우세했다. 하지만 콜라를 한 모금씩 음미하며 마시는 사람은 실상 많지 않다. 목이 말라 콜라를 찾을 때는 십중팔구 콜라캔을 단번에 벌컥벌컥 들이켜는 법이다. 이때는 코카콜라가 다른 음료와 차별화되는, 가장 중요한 특징일 수 있는 톡 쏘는 맛이 최고의 풍미를 제공한다.

코카콜라가 펩시 챌린저에 적절히 대응하려 했다면 한 모금을 마신 뒤의 반응과 함께 한 캔을 단번에 들이켠 뒤의 반응도 함께 테스트했어야 했다. 통계의 조건을 따지지 않고 통계 결과를 받아들인 결과는 앞서 살펴본 것처럼 돌이킬 수 없이 엄청난 것이었다.[26]

2. 주장과 관련된 내용은 동사의 어미를 명확하게 마무리한다.

그렇지 않으면 주장의 내용에 확신을 줄 수 없다. 하지만 명확한 표현이 지나치게 단정적이거나 극단적인 표현으로 수용되면 주장의 내용을 논증하는 데 부담으로 작용한다. 이런 경우 '양상부사'를 사용해 어감을 눌러주거나 주장의 내용을 한정하거나 제한하는 조건을 함께 표현해주는 것이 좋다.

> 【가】 정서 지능이 낮은 사람은 타인의 고통과 슬픔은 생각하지 않고 자신의 이익과 만족만을 취하려 하기에 비행과 탈선을 피하기는 사실상 어려운 것으로 보인다.
>
> 【나】 정서 지능이 낮은 사람은 타인의 고통과 슬픔은 생각하지 않고 자신의 이익과 만족만을 취하려 한다. 정서 지능이 낮은 상태에서 비행과 탈선을 피하기 어려운 것은 그 때문이다.

---

26   좋은생각 사람들, 『행복한 동행』, 2007년 5월호, 7~8쪽.

앞의 예문에서 주장에 해당하는 문장이 "사실상 어려운 것으로 보인다"처럼 회피적으로 표현되는 것은 좋지 않다. 주장을 담은 문장은 명확하게 마무리하되("피하기 어렵다"), 다만 그런 주장이 한정적인 조건이 충족될 때에만("정서 지능이 낮은 상태에서") 유효하다는 것을 함께 서술하면 효과적이다.

"모든 까마귀는 검다"라는 진술과 "몇몇 파충류는 독을 가지고 있다"라는 진술을 비교해 보면, 논증의 부담에 대한 차이를 이해할 수 있을 것이다. 전자는 검지 않은 까마귀가 단 한 마리만 존재해도 틀린 진술이 될 수 있다. 하지만 후자의 경우는 반증하기 어려운 진술이다. 모든 파충류가 독을 가지고 있는 것이 아니라는 결론을 진술 안에 배태하고 있기 때문이다.

3. 주어와 목적어처럼 문장의 내용 전달에 필요한 요소는 생략해서는 안 된다.

아래 예문의 경우 여러 번 읽어도 주어가 생략되어 있어 내용을 이해할 수 없기에 진술 자체를 판단할 수 없다. "제조 현장에 맞게 운영해야 할" 대상, "연구의 필요성"을 제기한 대상이 무엇인지 알 수 없다. 따라서 문장을 수정하는 것도 불가능하다.

【가】 제조 기업의 정보보호 관리 체계에 대해 국제 표준 정보보호 관리체계(ISO/IEC 27001)을 바탕으로 만들어진 KISA(Korea Internet & Security Agency) ISMS 모델(Information Security

Management System)을 통해 제조 현장에 맞게 운영하기 위한 연구의 필요성을 느꼈다.

4. 주어와 서술어는 구체적으로 기술해야 한다.

【가】『국제관찰』은 상대외국어대학교 국제문제연구원이 발간하는 것이다. 이 학술지는 중국의 유명한 국제 문제 전문가의 연구 성과, 그리고 이에 관련된 이론적인 배경을 소개하는 학술지 이다.

【나】『국제관찰』은 상대외국어대학교 국제문제연구원이 발간하는 학술지로 중국 내 국제 문제 전문가들의 연구 성과와 그에 관련된 이론적인 배경을 소개한다.

위 예문의 "것이다"에서 "것"에 해당하는 내용인 "학술지"를 구체적으로 표현하는 것이 좋다. '것'은 영어 'thing'에 해당하는 표현으로 대상을 일반적으로 지시한다. 일반적 지시어 대신에 그에 해당하는 구체적인 내용을 지닌 어휘를 표현할 때 내용이 한층 더 분명해진다. 마찬가지로 "이 학술지"라고 표현하기보다 해당 학술지인 "『국제관찰』"이라고 제시하여 표현하는 것이 좋다. 혹자는 어휘 반복을 이유로 이런 방식의 문장쓰기를 꺼리는 데, 학술논문에서 어휘 반복은 전혀 문제가 되지 않는다. 오히려 어려운 학술적 지식을 인지시키는 데 어휘의 반복이 도움이 될 수 있다. 어려운 내용을 여러 번 반복적으로 설명해주면 이해에 도움이 되는 것과 같은 이치이다. 문체를 이유로 핵심적 어휘를 변주하는 것은 생산적이지 않다. 학술논문은 정확한 개념을 사용하고 학술 공동체에서 확정된 용어(개념어)를 사용한다. 이때 개념과 개념어는 항구적으로 사용할 경우에 한해서만 의미가 있기 때문이다.

> 【가】 팩션영화에서 역사적 사실과 **이를** 재현하는 데 **어떤** 차이가 나타난다.
> 【나】 팩션영화에서 역사적 사실과 **재현된 역사는 재현 내용에서** (**차이의 구체적 내용**) 차이를 드러낸다.

같은 맥락에서 위의 【가】와 같이 "어떤"과 같이 불분명한 표현은 논문에서 사용하지 않는 것이 좋다. '어떤'의 내용에 대해 정리하지 못했다는 인상을 주기 때문이다. 같은 이유에서 "나름대로"라는 표현도 논문에서는 피해야 한다. 그 내용을 확정할 수 없거나 추론할 수 없는 표현은 되도록 논문 문장으로 사용하지 않아야 한다.

5. 문장 간 연관관계가 명확하게 드러나도록 표현한다.

두 줄 이상의 긴 문장은 상이한 층위의 내용들이 섞여서 기술된 경우가 많다. 긴 문장을 정리할 때는 길이를 기준으로 정리하지 않는다. 내용의 성격과 층위, 곧 주장, 사실, 논평을 구분해서 문장을 정리한다. 글쓰기가 서툴다면 더더욱 분리된 각각의 내용을 분리된 문장으로 기술하는 것이 좋다.

【가】 대부분의 자료 관리 시스템들은 기존의 Microsoft Explorer와 같은 인터베이스를 기반으로 구성되어 있어 자료 간의 연관관계를 직관적으로 사용자에게 제공하는 데 어려움이 있고, **나름대로** 〔학술논문에서 피해야 할 어휘〕 이를 보완하기 위하여 Tree형 그래프로 사용자가 자료 간의 관계를 직접 드로잉할 수 있도록 하고자 한다. 많은 양의 데이터를 쉽게 분류하고 분류된 자료들을 사용자가 이해하기 쉽도록 표현해주는 방법에 대한 연구 분야가 정보 시각화이다.

【나】 대부분의 자료 관리 시스템은 기존의 Microsoft Explorer와 같은 인터베이스를 기반으로 구성되어 있기 때문에 자료 간의 연관관계를 직관적으로 사용자에게 제공하는 데 어려움이 있다. 〔문제점 분석〕 이에 본 논문에서는 〔주어 보충〕 이러한 문제점을 〔구체적으로 진술〕 보완하기 위하여 Tree형 그래프로 사용자가 자료 간의 관계를 직접 드로잉할 수 있는 프로그램의 설계 방안을 제시하고자 한다. 〔연구목적 제시〕 한편 〔내용의 성격이 앞 문장과 달라졌으므로 전환을 의미하는 접속사를 사용한다〕 정보 시각화 분야는 〔중심 어휘 혹은 핵심어는 되도록 주어의 자리에 배치한다〕 많은 양의 데이터를 쉽게 분류하고, 분류된 자

료들을 사용자가 이해하기 쉽도록 표현해주는 방안을 연구하는 분야이다.

6. '-고, -거나, 와(과)' 등의 등위 접속사로 문장을 연결할 경우 연결되는 두 부분이 동일하게 연결되어야 한다.

아래의 예문에서 "비행"과 "탈선하다"는 각각 명사와 동사로 품사의 성격이 동일하지 않아 문장의 구조가 불안정하다. "과"로 연결되는 부분은 명사든 동사든 둘 중 하나로 통일되어야 한다. 짧고 간단한 문장에서는 크게 차이가 없어 보일 수 있지만, 논문처럼 정교하고 어려운 내용을 다루는 경우, 문장이 불안정하면 내용이 제대로 전달되지 않는다.

【가】 정서 지능이 낮은 사람은 타인의 고통과 슬픔은 생각하지 않고 자신의 이익과 만족만을 취하려 하기에 **비행과 탈선하기가** 쉽다고 하였다.

【나】 정서 지능이 낮은 사람은 타인의 고통과 슬픔은 생각하지 않고 자신의 이익과 만족만을 취하려 하기에 **비행과 탈선을** 피하기 어렵다고 한다.

7. 두 줄 이상의 긴 문장은 피하고, 한 문장에는 하나의 내용을 담아 기술한다.

모든 문장 쓰기의 기본은 '한 문장에는 하나의 생각'을 담는

다는 것이다. 한 문장에 여러 생각이 담기면, 생각들을 연결하는 구조를 생각하지 않을 수 없어 문장 구조가 복잡해지기 쉽다. 하나의 생각을 담은 문장을 논리적으로 연결할 때에는 다양한 연결사를 활용하면 좋다. 연결사는 문장 간 논리적 결합 관계를 표시하는 데 도움이 된다.

【가】 정보 보호의 목적인 정보 자산의 비밀성, 무결성, 가용성을 실현하기 위한 절차와 과정을 체계적으로 수립·문서화하고 지속적으로 관리·운영하는 시스템, 즉 조직에 적합한 정보 보호를 위해 정책 및 조직 수립, 위험 관리, 대책 구현, 사후 관리 등의 정보 보호 관리 과정을 통해 구현된 여러 정보 보호 대책들이 유기적으로 통합된 체계이다.

【나】 정보 자산은 정보 보호를 목적으로 한다. 정보 자산의 비밀성, 무결성, 가용성을 실현하기 위한 절차와 과정을 체계적으로 수립하여 문서로 정리하는 것이 필요하다. 또한 이를 지속적으로 관리하고 운영하는 시스템도 마련해야 한다. 즉 조직의 적절한 정보 보호를 위해 정책 수립, 조직 정비, 위험 관리, 대책 구현, 사후 관리 등의 정보 보호 관리 과정을 구현해야 한다. 이것은 내용이 생략되어 있으므로 보충 정보 보호 관리 과정을 통해 구현된 정보 보호 대책들이 유기적으로 통합된 체계이다.

8. 내용 전달을 방해하는 불필요하고 어려운 표현은 정리한다.

주로 번역글에서 나타나는 불필요하고 과다한 표현은 우리말에 가깝게 정리하는 것이 좋다. '되어지다', '데 있어서', '~라는 ~는' 등과 같은 표현이 그 대표적인 예이다.

【가】평화는 정의의 결과로서만 **구현 가능하다는 사실은 강조할 필요가 없는 것이다.**

【나】평화는 정의의 결과로서만 **구현 가능하다.**

【가】마이크로 가속도센서는 오늘날 의료기기, 가전제품, 산업용기기, 운송, 군수제품 등 다양한 곳에 **사용되어진다.**

【나】마이크로 가속도센서는 오늘날 의료기기, 가전제품, 산업용기기, 운송, 군수제품 등 다양한 곳에 **사용된다.**

9. 단정적이거나 과장된 표현을 사용하지 않는다.

논문은 논증의 글이기 때문에 지나치게 단정적이거나 과장된 표현은 논증의 부담으로 작용할 수 있다. 단정적이거나 과장된 표현은 대개 '가능성, 조건, 빈도, 범위'의 표현을 추가함으로써 완급을 조절할 수 있다. 곧 진술의 태도와 강도를 나타내는 양상부사를 사용하거나, 조건을 설정하거나, 가능성을 표현하는 서술 표현, '~할 것이다, ~하는 경우가 있다, ~하는 경향이 있다' 등을 활용하면 좋다. 다음의 양상부사를 적절히 활용해보자.

- 양상부사: 아마도 / 어느 정도 / 대부분 / 거의 / 적어도 / 비교적 / 대개 / 보통 / 일반적으로 / 드물게 / 몇몇 / 대다수 / 별로 / 많은 등등

【가】부동산 시장은 부동산 정책이나 경제 상황 등 외부 요인으로부터 절대적인 영향을 받는다. 외부 요인을 세분화하면 크게 거시경제 요인과 경기 관련 요인으로 나누어 볼 수 있는데, 이들 요인은 철근가격 변동 요인과 완전하게 부합한다.

【나】부동산 시장은 부동산 정책이나 경제 상황 등 외부 요인으로부터 많은 영향을 받을 수 있다. 외부 요인을 세분화하면 크게 거시경제 요인과 경기 관련 요인으로 나누어 볼 수 있는데, 이들 요인은 철근가격 변동 요인과 부합되는 측면이 있다.

10. 사물주어와 의인화된 표현을 피한다.

행동을 수행할 수 있는 구체적인 주어를 설정하고 행동을 서술하는 것이 내용을 쉽게 전달하는 데 효과적이다. 행동할 수 없는 사물이 주어로 설정되면 서술부에 의인화된 표현이 등장하게 되고 대개 문장 구조가 복잡해진다. 이런 경우 사물 주어 부분을 부사 구문으로 변형해 표현하면 의인화된 표현을 피할 수 있다.

또한 외국 번역체 표현인 '이러한, 이-, 그-, 의, 적(的), 성(性), 화(化)'를 남발하여 내용을 과도하게 명사형으로 압축하면 문장의 내용을 정확하게 전달하기 어렵다. 명사형은 구체적인 서술로 풀어서 표현하는 것이 좋다.

【가】그리스를 지배하려는 아테네인들의 욕망이 펠로폰네소스 전쟁을 가능케 했다.

【나】그리스를 지배하려는 아테네인들의 욕망 때문에, 펠로폰네소스 전쟁이 시작되었다.

【가】단기간 순이익을 증대시키기 위한 노동시간의 강제적 조정은 장기적으로 생산성을 악화시킬 수도 있다.

【나】만약 단기간 순이익을 증대시키기 위해 노동시간을 강제적으로 조정한다면, 장기적으로 생산성이 악화될 수도 있다.

【가】그림 3-4가 프란시스 베이컨의 기본적인 색의 구조를 보이고 있다.

【나】그림 3-4를 통해 프란시스 베이컨의 기본적인 색의 구조를 알 수 있다.

【가】아이스크림적으로 달콤한 내 인생

【나】아이스크림처럼 달콤한 내 인생

【가】스타일러스 펜의 조작이 용이하지 않아 많은 사용성 문제점이 발생된다.

【나】스타일러스 펜을 조작하는 일이 쉽지 않아 사용하는 데 많은 문제점이 발생한다.

【가】건물적 관점에서 보면

【나】건축학적 관점에서 보면

【가】여성을 통한 사회적 구조의 탐구는 조직적 차별 대우의 인식으로 나간다.

【나】여성들이 사회적 구조를 탐구하기 시작했을 때, 자신들이 조직적으로 차별 대우를 받고 있다는 것을 알게 되었다.

【가】이러한 대인관계 안에서의 공감과 소통 문제를 해결하기 위한 방법으로 여러 학자들이 정서 지능의 중요성을 강조하였다. Salovery와 Mayer는 이러한 정서 지능을 자신의 감정과 다른 사람의 감정을 점검하는 능력, 그 감정을 구별하는 능력, 그리고 이 정보를 이용하여 자신의 사고와 행동을 이끄는 능력이라고 정의하였다.

【나】대인 관계 안에서의 공감과 소통 문제를 해결하기 위한 방법으로 여러 학자들이 정서 지능의 중요성을 강조하였다. Salovery와 Mayer는 정서 지능을 자신의 감정과 다른 사람의 감정을 점검하는 능력, 자신의 감정과 다른 사람의 감정을 구별하는 능력, 앞의 두 능력을 이용하여 자신의 사고와 행동을 이끄는 능력이라고 정의하였다.

논문의 힘 요약노트

● 논문의 문장은 간결하고 쉬워야 한다. 문장구조는 곧 글쓴이가 가진 생각의 구조이기 때문이다.

● 서술어를 통해 주장에 대한 글쓴이의 태도, 확신, 강도의 차이를 드러낼 수 있다.

● 중심 어휘를 문장의 맨 앞 주어 자리에 배치하는 것이 내용을 전달하는데 효과적이다. 우리말은 '화제 중심 언어'라는 특징을 지니기 때문이다.

● 가난한 생각에 천박한 수사가 깃든다. 수사적 표현을 삼가고 명확하고 간결하면서도 쉽게 읽히는 문장으로 표현하자.

함께 진리를 추구하는 공공재,
그것이 바로 논문이다

이 책은 그 시작에서 전제한 것처럼 순전히 내 경험을 바탕으로 쓰였다. 그러니 내가 논문을 처음 썼을 때의 경험을 이야기하는 것으로 책을 마치는 것도 좋을 듯하다.

돌아보건대 나에게 가장 행복했던 시간은 학위논문을 쓰는 시간이었다. 내가 선택한 연구대상에 집중했던 시간은 내 자신과 오롯이 대면하는 숭고한 시간이었다. 논문을 준비하면서 많은 논문을 읽었다. 그 과정에서 명확하게 설명할 수는 없지만, 글쓰기는 그대로 가감 없이 글쓴이의 인성을 반영한다는 것을 알게 되었다. 논문을 읽다 보면 공명심이 앞선 논문, 개인적 욕망이 투영된 논문, 손쉬운 선택이 엿보이는 논문, 강한 어조로 단정하고 명령하는 논문, 눈치 보는 논문, 남의 논문에 함몰되어 정작 자신이 말하고자 하는 논점을 잃어버린 논문, 빌려온 남의 생각을 자신의 표현으로 바꾸려 안간힘 쓰는 논문, 문체만 다를 뿐 주장과 논증 과정이 유사한 쌍둥이 논문 등등 논문을 쓸 때의 상황과 논문을 쓴 사람의 성격이 고스란히 느껴지는 논문과 만날 수 있었다. 무엇보다도 스스로를 객관화하고 대상화하는 것이 무척 어려운 일이라는 것을 그때 알게 되었다.

나 역시 깊은 밤 홀로 연구실에서 논문을 쓰면서 내 자신을 천재로 오해한 때가 있었다. 지도교수의 격려를 격찬으로 오독한 때도 있었다. 근사한 논문을 읽고 좌절한 적도 있었다. 고민 끝에 찾은 주제를 눈치껏 잡아채고 변주하는 정황들 때문에 강탈의 트라우마로 고통받기도 했다. 눈을 감고, 귀를 막고 싶은 까칠한 지적에 분을 삭인 적도 많았다. 하지만 그 모든 경험이 곧 논문을 완성할 수 있는 자양분이 되었다고 생각한다. 세상과 그렇듯 활발히 소통한 적은 없었을 것이다. 정말 멋진 경험이지 않은가.

이런 경우가 있었다. 논문을 쓰는 동안 연구실에서 한 번도 마주하지 못한 동료가 있었다. 논문 예심 발표를 일주일 앞둔 어느 날, 위풍당당하게 그는 나타났다. 손에는 제본까지 마친 논문 완성본을 들고서 말이다. 얼굴에는 자신감이 넘쳤다. 하지만 그는 예심을 통과하지 못했다. 홀로 논문을 완성한 탓에 자신의 생각을 객관화하고 대상화하여 전달하는 데 실패한 것이다. 논문 예심 발표회장에서 많은 지적을 받자 뒤도 돌아보지 않고 뛰쳐나간 동료도 있었다. 그리고 다시는 학교로 돌아오지 않았다. 그들을 지켜보며 한동안 논문을 쓴다는 행위가 무엇인가, 무엇이어야 하는가 고민하게 되었다.

대학원생 시절 학교 은사님은 이런 말씀을 하셨다. 학문하는 자의 교만은 부산 광한리 모래사장에서 고작 모래 한 줌을 손에 쥐고 모래사장 전체를 안다고 우쭐대는 것과 같다! 조금씩 빠져 나가는 줄도 모르고 영원히 모래 한 줌을 손에 쥐고 있을 것처럼 의기양양해 하는 태도를 경계하신 말씀이셨다.

어떤 강좌에서 전공 강의를 마치고 중간 성적을 부여했더니 한 수강생이 성적에 대해 의문을 제기하는 공손한 메일을 보냈다. 매우 정중했지만 그 내용은 자신에게 부여된 B학점을 수용할 수 없다는 내용이었다. 수강생이 성적에 만족하지 못하는 일은 늘 있지만, 내가 뜨악하게 생각한 것은 그 수강생이 설명한, 부여된 학점을 수용할 수 없는 이유였다.

졸업반이었던 수강생의 설명에 따르면 자신은 4년 내내 A학점을 받았다고 한다. 그러니 내가 강의한 강좌의 성적 역시 A학점이어야 한다고 주장했다. 짐작건대 내내 공부하던 방식으로 공부했고 답안을 작성하던 방식으로 답안을 작성했으니 학점에 차이가 있을 수 없다고 생각하는 것 같았다. 그 수강생은 "B학점일 리 없다"는 단호한 표현을 썼다. B학점일 리가 없다니. 나는 그 태도가 마음에 걸렸다.

자신이 공부하는 방법, 말하자면 지식을 구축하는 방법을 전혀 의심하지 않는 태도, 그 태도를 키운 것은 분명 완벽한 답안을 함의하는 A학점이라는 결과일 터이다. 나는 그 수강생의 답안을 다시 찾아보았다. 성실히 작성된 답안임이 분명했다. 열심히 공부한 내용으로 채워졌지만, 주어진 문제에서 요구하는 조건은 염두에 두지 않은 채 암기된 내용을 묻지도 따지지도 않고 쏟아 놓은 답안이었다. 그렇게 열심인 학생이 자신의 공부법과 답안에 대해 성찰할 수 있는 계기를 더 일찍 만났더라면 A학점이라는 가시적 결과보다 훨씬 더 생산적인 결과를 얻을 수 있었을 것이다. 나는 그것이 안타까웠다.

내 손아귀에서 소리 없이 빠져나갈 모래처럼 학문이란 끝없이 채워야 하는 갈급증을 유발한다. 학위논문을 제출하러 학교 도서관 지하실을 찾았을 때 마치 바벨탑처럼 천장까지 쌓인 학위논문들을 보고 경악했던 경험이 생생하다. 당장 소용될 보람도 없는 논문을 이렇게 열심히들 써대고 있구나! 그 이후로 논문 쓰는 일의 보람에 대해 늘 생각해보게 되었다.

논문이 학위과정을 마쳤다고 해서 누구나 쓸 수 있는 글이 아니라는 점은 분명하다. 논문을 쉽게 쓰는 달콤한 방법이란 존재하지 않는다. 한 권으로 쉽게 끝내는 논문작성법을 기대한다는 것은 책읽기의 즐거움이라는 위로처럼 알고도 속게 마련인 자기기만이다. 취미로서의 독서가 아닌, 생산적 쓰기 활동을 위한 독서는 고통을 동반한다. 마찬가지로 논문작성방법을 속 시원히 알려줄 수 있는 단 한 권의 지침서란 존재하지 않을 터이다. 혹 그런 지침서가 있다면, 그것은 몇 개의 방법론을 도구적으로 제시하는 경우일 가능성이 높다.

학술 공동체의 글쓰기 규약을 확인하고, 학맥과 인맥에 휘둘리지 않고 확고해 보이는 기존의 연구 성과를 비판하는 시각을 갖춰야 하며, 무엇보다도 누가 확인해주지 않아도 스스로의 글쓰기를 성찰하는 윤리적 태도를 유지해야 논문 쓰기는 시작되고 계속될 수 있다. 그래서 나는 논문을 '신독(愼獨)의 글쓰기'로 정의한다. 논문은 홀로 대면하는 세상과의 숭고한 고투(苦鬪)의 결과물이다.

이 책의 내용으로 강의를 마치고 나면, "나는 논문을 못 쓸 것 같아"라는 자조적인 한숨이 강의실에 가득 찬다. 자신들이 다짐한 성실한 글쓰기만으로는 논문 쓰기가 가능하지 않다는 점, 논문은 자신의 생각을 발산하는 글이 아니라 그것을 일정한 지식의 구조로 구축해야 하고 그러기 위해서는 타인의 주장과 의견을 '수렴'해야 한다는 점을 확인하는 순간, 매우 인간적인 두려움에 휩싸이는 것이다. 하지만 그럼에도 매 학기 수많은 학위논문과 학회지 논문이 쏟아져 나온다. 그리고 별 기대 없이 읽었던 논문에서도 논문으로 제출될 만한 미덕은 한 가지쯤 발견된다. 바로 그처럼 단 한 가지라도 자신만의 지적인 미덕을 탐색하는 과정이 곧 논문을 쓰는 과정이며, 그것은 논문이라는 결과물보다 훨씬 소중한 경험이 될 것이다.

논문은 성찰의 경험을 제공한다는 의미에서만 인문학적 정신의 구현일 수 있다. 논문이 현실적인 이해와 가치로부터 일정 정도 거리를 유지해야 하는 이유이다. 그러니 논문을 쓰는 누구나, 논문이라는 글쓰기를 존재적 목적으로 대해야 한다. 지적 허영의 장신구처럼 도구화하지 않아야 할 것이다. 함께 진리를 추구하는 공공재, 그것이 바로 논문이다.

여전히 논문을 쓰고 있지만, 나 역시 오류투성이의 부끄러운 논문을 쓴 적이 있다. 내가 끊임없이 논문(글)을 쓰는 이유는 내가 만든 오류를 내 스스로 수정하기 위해서이다. 나에게 논문은 평생 진행 중인 텍스트이다.

부록

논문 쓰자면 꼭 알아야 할 것들

국내 학회 논문작성법 규정안 예시
시각적 제시, 표와 그림 제시 방법
아리송한 문장부호의 사용

국내 학회 논문작성법 규정안 예시

한국드라마학회지『드라마연구』(2015)

제7조(투고 양식) 논문 투고 양식은 다음에 따른다.

1. 논문은 한국어로 작성함을 원칙으로 하며, 의미의 혼동 가능성이 있는 경우에 한 해 괄호 안에 한자 또는 원어를 기재한다. 외국어 논문의 경우, 세계적인 통용어일 경우 허용한다.

2. 논문 체제는 제목, 성명, 목차, 국문초록, 국문 주제어, 본문, 참고문헌, 영문초록, 영문 주제어의 순으로 작성한다.

3. 저자의 소속 및 직위는 각주로 표시하고, 공동 저자가 있을 경우 주 저자(책임연구자)를 구분하여 맨 앞에 표기한다.

4. 모든 원고는 600자(150단어) 안팎의 국문초록과 영어초록을 첨부하고, 5개 이상의 주제어를 한국어와 영어로 각각 표기한다.

5. 원고 분량은 200자 원고지 120매 내외로 한다. 기준 매수를 넘은 논문의 경우, 추가 게재료를 납부하여야 한다.

제8조(논문 작성요령)

1. 논문에서 사용되는 기호는 다음에 의거한다.

> 〈 〉작품,
> 『 』신문·잡지·저서·작품집
> 「 」논문
> ' ' 기사제목·강조·간접 인용
> " " 직접 인용

2. 논문에서 사용되는 주는 각주로 작성하며 다음의 기준에 따른다.

가) 저자, 「논문」, 『저서』, 출판사, 출판년도, 인용쪽수 순으로 기재한다.

　　예) 신현숙, 「일상극 혹은 포스트모던 연극」, 『20세기 프랑스연극』, 서
　　울:문학과 지성사, 1997, 233~235쪽.

나) 발행지가 서울인 경우는 생략이 가능하며, 타 지역인 경우에는 반드시 지역
을 표기한다.

　　예) 이규식·이선형 엮음, 『공연예술』, 대전:도서출판 글누리, 2007, 51쪽.

다) 영문 각주는 저자, 논문, 저서, 발행처:출판사, 출판년도, 인용쪽수의 순서로
표기하며, 논문은 " "로, 저서는 이탤릭체로 표기한다.

　　예) Dennis Kennedy, "Introduction: Shakespeare without His Language,"
　　in *Foreign Shakespeare*, Cambridge: Cambridge University Press,
　　1993, p. 12.

3. 동일한 저자의 동일한 저서(논문)가 반복적으로 인용될 경우에는 각주 바로 앞
의 것을 인용할 경우, '위의 책(논문), 쪽수'로 표기하고, 앞에서 기인용된 경우,
'저자, 앞의 책(논문), 쪽수'로 표기한다. 외국 저서를 인용할 경우에는 각주 바
로 앞의 것을 인용할 경우, 'Ibid., 쪽수'로 표기하고, 앞에서 기인용된 경우, '저자,
op.cit., 쪽수'로 표기한다.

4. 참고문헌은 1차 자료와 2차 자료로 나누어 완벽한 서지정보를 표기한다.

가) 저자명, 논문명, 저서명, 출판사, 출판년도를 반드시 표기한다. 국내 문헌을
먼저 표기하고 다음에 일본어, 중국어, 기타 동양권 문헌 다음에 영어, 불
어, 스페인어, 기타 서양어권 문헌의 순서로 배열한다.

나) 국내 문헌은 저자의 성(姓) 가나다 순서로, 동양권 문헌은 저자 독음 가
나다 순으로, 그리고 서양어권 문헌은 저자 성(姓)의 알파벳 순서로 배열
한다. 번역서의 경우도 저자의 성을 앞에 표기한다.

　　예) 김방옥, 「삶/일상극, 그 경계의 퍼포먼스」, 『한국연극학』 39호, 한
　　국연극학회, 2009.

　　예) 진중권, 『현대미학 강의』, 서울:아트북스, 2003.

예) 홀, 스튜어트, 전효관 외 역,「문화적 정체성의 문제」,『모더니티의
　　미래』, 서울: 현실문화연구, 2000.

예) 아감벤, 조르조, 김상운·양창렬 옮김,『목적 없는 수단-정치에 관
　　한 11개의 노트』, 서울: 난장, 2009.

예) Brown, John Russell, *New Sites for Shakespeare: Theater, the Audience and
　　Asia,* London: Routledge, 1999.

5. 논문의 투고 양식을 따르지 않은 논문은 게재 불가로 판정할 수 있다.

한국연극학회지 『한국연극학』(2015)

1. 제목에 부제를 달 경우, 제목 아래 칸에 "-"과 함께 작은 글씨체로 단다.

2. 필자의 성명은 제목(및 부제) 두 칸 아래에 쓰고, 오른쪽 정렬한다.

3. 본문 표기 방식

　1) 한자 표기 : 가급적 사용하지 않는 것을 원칙으로 하나, 문맥상 꼭 필요할
　　경우에는 한글 다음 ( ) 안에 표기한다.

　2) 외국어 표기 : 고유명사의 경우 처음에 한하여 한글 다음에 ( )로 표기하고
　　특히 인명의 경우, (원어, 생사년도)의 순으로 쓴다.

　3) 국문 저서(학회지, 논문집, 학술논문집 등 포함)의 표기는『 』(겹낫표)를 사
　　용한다. (영문/외국어일 경우, 겹낫표 대신 이탤릭체로 표기함)

　4) 국문 학위논문을 비롯하여 모든 논문 류의 글(잡지글, 신문글 포함)의 표기
　　는「 」(홑낫표)를 사용한다. (영문/외국어일 경우, 홑낫표 대신 " "로 표기
　　함)

　5) 희곡작품, 공연작품, 잡지, 신문, 에세이, 강연, 인터뷰, 영화명, 비디오 테
　　입명 등의 표기는〈 〉를 사용한다.

6) 직접 인용은 " "을 사용하고, 간접인용과 강조하는 단어와 구절은 ' '를 사용한다.

7) 주제어(Key words) 표기는 학진 기준에 맞추어 국문(외국어)초록 다음에 해당 논문의 핵심어 다섯 개를 우리말(가나다 순)과 외국어(알파벳 순) 순 으로 열거한다.

4. 인용 표기 방식

본문에서 인용문의 출처를 밝힐 때는 인용문 끝에 괄호를 하고 저자 및 쪽수 등 최소한의 필요한 정보만 표기하고, 논문 말기에 인용문헌에서 완전한 출처를 MLA 2007년판 방식으로 밝힌다. 주는 반드시 부기해야 할 문헌이 있거나 부가 설명이 필요한 경우에만 모두 미주로 처리한다.(각주 사용금지, 단, 저자의 프로 필 및 연구비 수혜 여부에 대한 내용에 한하여 맨 첫 쪽에 각주 처리함.)

1) 표준형태: 먼저 저자의 이름을 밝히고 이어서 페이지 번호를 써준다. 저자 이름과 번호 사이는 한 칸 띄우고 아무런 표시도 하지 않는다.

　　예) 일반적으로 알려져 있는 것같이 무대 위에서 "어떤 상황이든 감정 유발 그 자체에 목적을 두고 취해지는 행동이란 있을 수 없다"(스타 니슬랍스키 33).

☞독립 인용문의 경우 인용문 다음에 마침표를 찍은 후 괄호 속에 출처를 밝 힌다.

　　예) 예술은 무언가에 관한 것만이 아니다. 예술을 그 자체로 무언가이기 도 하다. 강조하건대 예술은 세상 속에 있는 어떤 것이지, 그저 세상 에 관해 말해주는 텍스트나 논평은 아니다.(Sontag 39)

☞괄호의 위치 :

① 본문 안의 인용 구절이나 인용문에 대한 출처 밝히기 작업은 인용문이 끝나는 문장 바로 뒤에서 하는 것을 원칙으로 하되, 인용문이 마침표로 끝나는 경우 마침표를 괄호 뒤쪽으로 옮긴다.

　　예) 주지하듯이 "연기는 철저한 훈련을 통해서만 완성된다"(김석만

45).

② 경우에 따라서는 출전을 문장 중간에서 밝힐 수도 있다.

> 예) 그렇지 않다면 그 목표는 감정 체험이 없는 기계적인 목표가 되
> 는 것인데(스타니슬랍스키 149), 흥미롭게도 그들의 신체적 연
> 기에서는 그런 기계적인 목표가 오히려 올바른 목표가 되는 셈
> 이다.

2) 저자의 이름이 본문에 나오는 경우 인용 후 괄호 안에 쪽수만을 밝힌다.

> 예) 이러한 이유로 굼브레히트(Hans Urlich Gumbrecht)는 인문학을 비
> 롯한 전 문화영역의 지평에서 일어나기 시작한 변화들을 정확하게
> 포착하면서, 예술에 대한 수용 방식 역시 "최근 인문학(그리고 더 나
> 아가 서구의 광범위한 문화 영역)에서처럼" 변할 것이라고 예견한
> 바 있다(17-18).

3) 인용하는 저자의 저서나 논문이 여러 편인 경우

먼저 저자의 이름을 쓰고 쉼표를 찍은 다음 저서명이나 논문을 줄여서 간단
히 밝힌다. 이때 저서, 논문의 표기는 인용문헌의 표기와 같다.

> 예) 이 두 역할이 함께 작용할 때 심리적 긴장이 유발되고 그 긴장은
> 다시 웃음, 하품, 떨림, 상기된 얼굴을 통해 카타르시스로 방출된
> 다.(Landy, 『억압받는 사람』 43)

4) 여러 명의 저자가 함께 쓴 저서의 경우

저자가 여러 명인 경우에는 이를 아래와 같이 밝힐 수 있다.

> 예) (신현숙·이선형 23)

그러나 세 명 이상인 경우에는 아래와 같이 간략하게 표시한다.

> 예) (신현숙 외 121)
>
> (Norton et al. 124)

5) 여러 권으로 이뤄진 저서의 경우

여러 권으로 이뤄진 저서에서 출전을 밝히는 경우 권수도 함께 밝히는데, 그
때는 권수와 쪽수 사이에 콜론을 사용한다.

> 예) (Burton 2:12)

6) 작품명으로 출전을 밝히는 경우

작품에서 인용하는 경우 제목에 나오는 첫 번째 핵심단어를 사용하여 그 출전을 밝힌다. 이때 단어의 표기는 인용문헌의 표기와 같이 '〈 〉'를 사용한다. 인용 작품이 외국 작품인 경우 'a' 나 'the'와 같은 기능어를 제외한 첫 번째 단어를 써준다.(아래의 예문은 에드워드 올비의 〈동물원 이야기〉에서 인용한 경우임)

예) 제리 : 나는 센트럴파크와 콜럼버스 애비뉴 사이의 서부 위 지역에서 갈색 돌로 지은 4층 하숙집에 삽니다.(〈동물원〉551)

5. 미주 표기

인용은 본문에서 인용하는 단어난 문장 끝에 괄호로 표시하고 미주는 가급적 사용하지 않는다. 즉 인용한 문헌에는 사용하지 않고, 기타 더 부기할 문헌이 있거나 부가 설명이 필요한 때만 사용한다. 그때 문헌 표기는 아래의 방식에 따른다.

표기 방식 : 저자명, 『저서명』(출판도시 : 출판사, 출판년도), 쪽수.(한 줄 이상일 경우, 5칸 들여쓰기를 한다.)

예) 이두현, 『한국의 가면극』(서울 : 일지사, 1985), 87.

John Willet, //The Theatre of Bertolt Brecht : A Study from Eight Aspectives//(New York : A New Direction Books, 1968), 78.

6. 인용 문헌 표기 방식

인용 문헌은 논문에 인용된 문헌만을 소개하며, 국문 문헌을 먼저 소개하고 그 다음 외국 문헌을 소개한다. 국문 문헌은 가나다 순으로, 영문/외국어 문헌은 알파벳 순으로 하고, 한 줄 이상일 경우 5칸 들여쓰기를 한다. 인용 문헌 표기에 있어 한 줄 이상인 경우 5칸 들여쓰기를 한다. 한 저자에 의한 두 권 이상의 저서의 경우 두 번째 저서로부터는 저자의 이름을 쓰지 않고 대신 5칸에 해당하는 하이픈을 친다.

☞국문 저서

–저자명. 저서명. 출판지역 : 출판사, 출판년도.

-저자명.「논문명」,『논문집명』호수 (출판년도). 출판지역 : 출판사(혹은
펴낸곳), 인용논문의 시작과 끝 쪽수.

예) 여석기.『동서연극의 비교연구』. 서울 : 고려대학교 출판부, 1987.

신현숙.「아르또와 비교주의」,『한국연극학』12(1999). 서울 :
한국연극학회, 177-206.

Brown, John Russell. *New Sites for Shakespeare: Theater, the Audience
and Asia*. London: Routledge, 1999.

Papin, Liliane. "This is Not a Universe : Metaphor, Language, and
Representation." *PMLA* 107 (1992) : 125-134.

* 기타 예시되지 않은 표기 방식은 최근판 MLA 방식(2007)에 따름.
<http://www.docstyle.com/mlacrib.htm>

시각적 제시, 표와 그림 제시 방법

때로는 글로 설명하는 것보다 표와 그림으로 정리한 시각 자료를 제시하는 것이 정보를 전달하는 데 한층 효과적일 수 있다. 학술논문에서 사용하는 시각 자료는 대개 표와 그림으로 구현된다. 표(table)는 세로와 가로의 줄로 구성되고, 그림 (figure)은 그래프, 차트, 사진(그림), 다이어그램 등을 말한다. 이 중 차트는 막대, 선, 원 등으로 표시되고, 그래프는 연속되는 선으로 표현된다.

학술논문에 제시되는 표와 그림은 본문 글의 내용을 단순히 보충하는 것이 아니라, 본문 글과 동등한 자격과 권리를 지니는 텍스트의 구성 요소로 이해해야 한다. 표와 그림을 제시하면 본문 글의 내용을 보충해줄 것이라 생각하여 본문의 글을 대충 설명한다든가, 본문의 설명이 있으니 표와 그림을 대강 제시해도 된다고 생각하면 곤란하다. 표와 그림은 다음의 주의 사항을 바탕으로 정확히 제시되어야 하고, 표와 그림의 내용을 소개, 설명하는 글이 함께 덧붙여져야 한다.

표와 그림은 꼭 필요한 경우에만 활용해야 하며, 같은 내용을 표와 그림으로 중복해서 제시해서는 안 된다. 표와 그림은 간단하면서도 가능한 많은 정보를 담는 것이 좋다. 반대로 많은 내용을 하나의 표나 그림으로 설명하는 것은 피해야 한다. 전달해야 할 내용이 많은 경우에는 몇 개의 표나 그림으로 나누어서 작성하는 것이 맞다.

표3. 도시 규모별 첨두 요일·시간 집중율

구분	인구 100만 이상		인구 100만 이하	
	첨두요일 지수[1]	첨두시간 집중률[2]	첨두요일 지수	첨두시간 집중률
일요일	129.1%	12.4%	163.3%	11.9%
월요일	100.6%	10.9%	82.8%	10.5%
화요일	94.6%	11.6%	83.6%	10.1%
수요일	85.3%	10.9%	82.1%	10.1%
목요일	83.9%	11.4%	84.0%	10.2%
금요일	84.6%	10.7%	90.8%	10.3%
토요일	121.8%	11.9%	113.4%	10.9%
평균	100.0%	–	100.0%	–

주:

1) 첨두요일지수=(첨두일 주차대수/일주일 평균 주차대수)×100

2) 첨두시간집중률=(첨두시 주차대수/전일 주차대수)×100

출처: 김황배·안우영,「통계분석기법을 적용한 대형할인점 주차발생원단위
산정기법 연구」,『대한 토목학회 논문집』27호, 2007, 399쪽.

표 작성 시 주의할 점

1
- 표는 '표 1. (Table 1.)'처럼 반드시 일련번호를 붙인다.
- 표에는 구체적인 제목을 붙여야 한다.
- 표 제목은 표 위 중앙 혹은 표 위 앞쪽에 적는다.
- 표 제목의 글자 크기는 본문의 글자와 같은 크기로 적는다.
- 표 제목 다음에는 마침표를 찍지 않는다. 그러나 설명 문구가 추가될 경우, 제목과 설명 내용을 구분하기 위해 마침표를 찍는다.

2
- 표의 열과 행 모두 항목 내용을 정확히 표기한다.
- 단위를 함께 표기한다.
- 평균값일 경우 표준오차를 함께 밝혀주는 것이 좋다.
- 실험 혹은 조사했으나 관측되지 않은 경우에는 표에서 "0"으로 표기한다.

3
- 표에 대한 설명이 필요한 경우 특수부호(+, * 등), 알파벳, 숫자를 설명하려는 항목 위에 붙이고, 설명의 내용은 표 아래 각주처럼 제시한다.
- 표 자료의 생성 방법이나 계산법은 본문에서 언급하거나 표의 설명에서 제시한다.
- 약어, 약명을 표에서 사용한 경우 표 아래 각주에서 설명한다.
- 표에서 공백으로 처리한 칸은 공백으로 처리된 이유를 표의 각주에서 설명한다.

4
- 표에 사용된 자료의 일부 혹은 전부를 인용한 경우, 자료의 출처를 반드시 적는다.

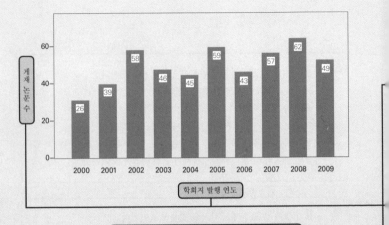

그림 1. 학회지 발행 연도별 게재 논문 수

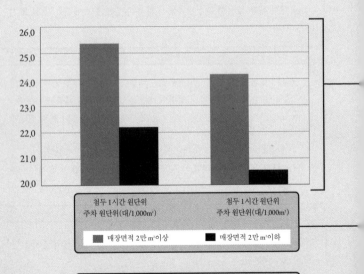

그림 5. 시설 규모별 주차발생 원단위 조사 결과

그림 작성 시 주의할 점

1
- 그림 1. (Figure 1. / Fig. 1)처럼 반드시 일련번호를 붙인다.
- 그림에는 구체적인 제목을 붙인다.
- 그림의 제목은 그림 아래에 제시한다.

2
- 그래프의 수평과 수직축 모두 항목 내용을 정확히 제시한다.
- 그림 안의 선, 막대, 이미지에 제목을 적는 것이 좋다.

3
- 단위를 반드시 함께 표시한다.

4
- 내용을 강화시키거나 약화시키기 위해 눈금을 작위적으로 변형해서는 안 된다.
- 경과나 추이를 나타내는 절선형 그림의 경우 그림 밖에 범례로 표시한다.
- 수량을 왜곡할 소지가 있는 이미지는 그림에 사용하지 않는다.

그림1의 출처: 김계원·정종진·권희영·이윤주·김춘경, 「상담심리학의 최근 연구동향: 상담 및 심리치료학회지 게재논문 분석(2000~2009)」, 『한국심리학회지』 23호, 2011, 527쪽을 변형함.

그림5의 출처: 김황배·안우영, 「통계분석기법을 적용한 대형할인점 주차발생원단위 산정기법 연구」, 『대한 토목학회 논문집』 27호, 2007, 399쪽.

아리송한 문장부호의 사용

문장 부호는 글에서 문장의 구조를 드러내거나 글쓴이의 의도를 전달하기 위하여 사용하는 부호이다. 국립국어원이 정한 한글 맞춤법에 따른 문장부호의 이름과 사용법은 다음과 같다.

1. 마침표 혹은 온점 (.)

(1) 서술, 명령, 청유 등을 나타내는 문장의 끝에 쓴다. 직접 인용한 문장의 끝에 쓰는 것을 원칙으로 하되, 쓰지 않는 것을 허용한다.

　　젊은이는 나라의 기둥입니다.

　　그는 "지금 바로 떠나자."라고 말하며 서둘러 짐을 챙겼다.

　　그는 "지금 바로 떠나자"라고 말하며 서둘러 짐을 챙겼다.

(2) 아라비아 숫자만으로 연월일을 표시할 때 쓴다.

　　1919. 3. 1.　　10. 1.~10. 12.

(3) 특정한 의미가 있는 날을 표시할 때 월과 일을 나타내는 아라비아 숫자 사이에 쓰며, 이때는 마침표 대신 가운뎃점을 쓸 수 있다.

　　3.1 운동　　8.15 광복

　　3·1 운동　　8·15 광복

(4) 장, 절, 항 등을 표시하는 문자나 숫자 다음에 쓴다.

　　가. 인명　　ㄱ. 머리말　　Ⅰ. 서론　　1. 연구 목적

2. 쉼표 혹은 반점(,)

(1) 같은 자격의 어구를 열거할 때 그 사이에 쓴다. 단, 쉼표 없이도 열거되는 사항임이 쉽게 드러날 때는 쓰지 않을 수 있으며, 열거할 어구들을 생략할 때 사용하는 줄임표 앞에는 쉼표를 쓰지 않는다.

충청도의 계룡산, 전라도의 내장산, 강원도의 설악산은 모두 국
립공원이다.

5보다 작은 자연수는 1, 2, 3, 4이다.

(2) 짝을 지어 구별할 때 쓴다.

닭과 지네, 개와 고양이는 상극이다.

(3) 이웃하는 수를 개략적으로 나타낼 때 쓴다.

5, 6세기   6, 7, 8개

(4) 열거의 순서를 나타내는 어구 다음에 쓴다.

첫째, 몸이 튼튼해야 한다.

마지막으로, 무엇보다 마음이 편해야 한다.

(5) 문장의 연결 관계를 분명히 하고자 할 때 절과 절 사이에 쓴다.

콩 심은 데 콩 나고, 팥 심은 데 팥 난다.

저는 신뢰와 정직을 생명과 같이 여기고 살아온바, 이번 사건과
는 무관합니다.

(6) 같은 말이 되풀이되는 것을 피하기 위하여 일정한 부분을 줄여서 열거할 때
쓴다.

여름에는 바다에서, 겨울에는 산에서 휴가를 즐겼다.

(7) 부르거나 대답하는 말 뒤에 쓴다.

지은아, 이리 좀 와봐.   네, 지금 가겠습니다.

(8) 한 문장 안에서 앞말을 '곧', '다시 말해' 등과 같은 어구로 다시 설명할 때 앞말
다음에 쓴다.

책의 서문, 곧 머리말에는 책을 지은 목적이 드러나 있다.

원만한 인간관계는 말과 관련한 예의, 즉 언어 예절을 갖추는 것에서 시작된다.

나에게도 작은 소망, 이를테면 나만의 정원을 가졌으면 하는 소망이 있어.

(9) 문장 앞부분에서 조사 없이 쓰인 제시어나 주제어 뒤에 쓴다.

열정, 이것이야말로 젊은이의 가장 소중한 자산이다.

지금 네가 여기 있다는 것, 그것만으로도 나는 충분히 행복해.

(10) 한 문장에 같은 의미의 어구가 반복될 때 앞에 오는 어구 다음에 쓴다.

그의 애국심, 몸을 사리지 않고 국가를 위해 헌신한 정신을 우리는 본받아야 한다.

3. 가운뎃점(·)

(1) 열거할 어구들을 일정한 기준으로 묶어서 나타낼 때 쓴다.

민수·영희, 선미·준호가 서로 짝이 되어 윷놀이를 하였다.

(2) 짝을 이루는 어구들 사이에 쓴다. 단, 이때는 가운뎃점을 쓰지 않거나 쉼표를 쓸 수도 있다.

한(韓)·이(伊) 양국 간의 무역량이 늘고 있다.

우리는 그 일의 참·거짓을 따질 겨를도 없었다.

(3) 공통 성분을 줄여서 하나의 어구로 묶을 때 쓴다. 이때는 가운뎃점 대신 쉼표를 쓸 수 있다.

상·중·하   금·은·동메달   통권 제54·55·56호

4. 빗금(/)

(1) 대비되는 두 개 이상의 어구를 묶어 나타낼 때 그 사이에 쓴다.

먹이다/먹히다   남반구/북반구   금메달/은메달/동메달

(2) 기준 단위당 수량을 표시할 때 해당 수량과 기준 단위 사이에 쓴다.

100미터/초   1,000원/개

(3) 시의 행이 바뀌는 부분임을 나타낼 때 쓴다. 단, 연이 바뀜을 나타낼 때는 두 번 겹쳐 쓴다.

산에는 꽃 피네 / 꽃이 피네 / 갈 봄 여름 없이 / 꽃이 피네 / 산에 / 산 에 / 피는 꽃은 / 저만치 혼자서 피어 있네

*빗금의 앞뒤는 (1)과 (2)에서는 붙여 쓰며, (3)에서는 띄어 쓰는 것을 원칙으로 하되 붙여 쓰는 것을 허용한다.

5. 큰따옴표(" ")

(1) 글 가운데에서 직접 대화를 표시할 때 쓴다.

"어머니, 제가 가겠어요."
"아니다. 내가 다녀오마."

(2) 말이나 글을 직접 인용할 때 쓴다.

밤하늘에 반짝이는 별들을 보면서 "나는 아무 걱정도 없이 가을 속의 별들을 다 헬 듯합니다."라는 시구를 떠올렸다.

6. 작은따옴표(' ')

(1) 인용한 말 안에 있는 인용한 말을 나타낼 때 쓴다.

그는 "여러분! '시작이 반이다.'라는 말 들어 보셨죠?"라고 말하며 강연을 시작했다.

(2) 마음속으로 한 말을 적을 때 쓴다.

나는 '일이 다 틀렸나 보군.' 하고 생각하였다.

7. 소괄호(( ))

(1) 주석이나 보충적인 내용을 덧붙일 때 쓴다.

니체(독일의 철학자)의 말을 빌리면 다음과 같다.

문인화의 대표적인 소재인 사군자(매화, 난초, 국화, 대나무)는 고결한 선비 정신을 상징한다.

(2) 우리말 표기와 원어 표기를 아울러 보일 때 쓴다.

기호(嗜好), 자세(姿勢), 커피(coffee), 에티켓(étiquette)

(3) 생략할 수 있는 요소임을 나타낼 때 쓴다.

학교에서 동료 교사를 부를 때는 이름 뒤에 '선생(님)'이라는 말을 덧붙인다.

광개토(대)왕은 고구려의 전성기를 이끌었던 임금이다.

(4) 희곡 등 대화를 적은 글에서 동작이나 분위기, 상태를 드러낼 때 쓴다.

현우: (가쁜 숨을 내쉬며) 왜 이렇게 빨리 뛰어?

"관찰한 것을 쓰는 것이 습관이 되었죠. 그러다 보니, 상상력이 생겼나 봐요." (웃음)

(5) 내용이 들어갈 자리임을 나타낼 때 쓴다.

우리나라의 수도는 ( )이다.

(6) 항목의 순서나 종류를 나타내는 숫자나 문자 등에 쓴다.

사람의 인격은 (1) 용모, (2) 언어, (3) 행동, (4) 덕성 등으로 표
현된다.

(가) 동해, (나) 서해, (다) 남해

8. 대괄호([ ])

(1) 괄호 안에 또 괄호를 쓸 필요가 있을 때 바깥쪽의 괄호로 쓴다.

어린이날이 제정되었을 당시에는 어린이들에게 경어를 쓰라고 하였
다.[윤석중 전집(1988), 70쪽 참조]

이번 회의에는 두 명[이혜정(실장), 박철용(과장)]만 빼고 모두 참석했
습니다.

(2) 고유어에 대응하는 한자어를 함께 보일 때 쓴다.

나이[年歲]   낱말[單語]   손발[手足]

(3) 원문에 대한 이해를 돕기 위해 설명이나 논평 등을 덧붙일 때 쓴다.

그것[한글]은 이처럼 정보화 시대에 알맞은 과학적인 문자이다.

그런 일은 결코 있을 수 없다.[원문에는 '업다'임.]

9. 겹낫표(『 』)와 겹화살괄호(《 》)

(1) 책의 제목이나 신문 이름 등을 나타낼 때 쓴다.

우리나라 최초의 민간 신문은 1896년에 창간된 『독립신문』이다.

『훈민정음』은 1997년에 유네스코 세계 기록 유산으로 지정되었다.

《한성순보》는 우리나라 최초의 근대 신문이다.

10. 홑낫표(「 」)와 홑화살괄호(〈 〉)

(1) 소제목, 그림이나 노래와 같은 예술작품의 제목, 상호, 법률, 규정 등을 나타낼 때 쓴다. 홑낫표나 홑화살괄호 대신 작은따옴표를 쓸 수 있다.

　　「국어 기본법 시행령」은 「국어 기본법」에서 위임된 사항과 그 시행에 필요한 사항을 규정함을 목적으로 한다.

　　〈한강〉은 사진집 《아름다운 땅》에 실린 작품이다.

　　백남준은 2005년에 〈엄마〉라는 작품을 선보였다.

11. 물결표(~)

(1) 기간이나 거리 또는 범위를 나타낼 때 쓴다. 물결표 대신 붙임표를 쓸 수 있다.

　　9월 15일~9월 25일　　김정희(1786~1856)

12. 숨김표(○, ×)

(1) 금기어나 공공연히 쓰기 어려운 비속어임을 나타낼 때, 그 글자의 수효만큼 쓴다.

　　배운 사람 입에서 어찌 ○○○란 말이 나올 수 있느냐?

　　그 말을 듣는 순간 ×××란 말이 목구멍까지 치밀었다.

(2) 비밀을 유지해야 하거나 밝힐 수 없는 사항임을 나타낼 때 쓴다.

　　1차 시험 합격자는 김○영, 이○준, 박○순 등 모두 3명이다.

　　그 모임의 참석자는 김×× 씨, 정×× 씨 등 5명이었다.

13. 빠짐표(□)

(1) 옛 비문이나 문헌 등에서 글자가 분명하지 않을 때 그 글자의 수효만큼 쓴다.

大師爲法主□□賴之大□薦

(2) 글자가 들어가야 할 자리를 나타낼 때 쓴다.

　　훈민정음의 초성 중에서 아음(牙音)은 □ □ □의 석 자다.

14. 줄임표(……)

(1) 할 말을 줄였을 때 쓴다.

　　"어디 나하고 한번……." 하고 민수가 나섰다.

(2) 말이 없음을 나타낼 때 쓴다.

　　"빨리 말해!"

　　"……."

(3) 문장이나 글의 일부를 생략할 때 쓰며, 이 경우 줄임표의 앞뒤를 띄어 쓴다.

　　'고유'라는 말은 문자 그대로 본디부터 있었다는 뜻은 아닙니다.……
　　같은 역사적 환경에서 공동의 집단생활을 영위해오는 동안 공동으로
　　발견된, 사물에 대한 공동의 사고방식을 우리는 한국의 고유 사상이
　　라 부를 수 있다는 것입니다.

(4) 머뭇거림을 보일 때 쓴다.

　　"우리는 모두…… 그러니까…… 예외 없이 눈물만…… 흘렸다."

　*점은 가운데에 찍는 대신 아래쪽에 찍을 수도 있다.
　*점은 여섯 점을 찍는 대신 세 점을 찍을 수도 있다.

함께 읽으면 좋은 참고문헌

논문작성법편찬위원회 편, 『학술논문작성법』, 계명대학교출판부, 2003.

신형기 외, 『모든 사람을 위한 과학 글쓰기』, 사이언스북스, 2006.

앤서니 웨스턴, 이보경 옮김, 『논증의 기술』, 필맥, 2007.

조셉 윌리엄스·그레고리 콜럼, 윤영삼 옮김(라성일 감수), 『논증의 탄생』, 홍문관, 2007.

찰스 립슨, 김형주·이정아 옮김, 『정직한 글쓰기: 표절을 예방하는 인용법 길잡이』, 멘토르, 2008.

오토 크루제, 김종영 옮김, 『공포를 날려버리는 학술적 글쓰기 방법』, 커뮤니케이션북스, 2009.

유광수, 임진영, 김기란, 주형예, 강현조, 『비판적 읽기와 소통의 글쓰기』, 박이정, 2013.

미국심리학회 편, 『APA 논문작성법(6th Edition)』, 강진령 옮김, 학지사, 2013.

부스·컬럼·윌리엄스, 양기석·신순옥 옮김, 『학술논문작성법』, 나남, 2014.

도다야마 가즈히사, 홍병선·김장용 옮김, 『초보자를 위한 논문쓰기교실』, 어문학사, 2015.

논문의 힘

공부의 시작과 끝, 논문 쓰기의 모든 것

1판 1쇄 2016년 1월 25일
2판 1쇄 2022년 6월 25일
2판 2쇄 2023년 9월 30일

지은이 김기란
펴낸이 김수기

펴낸곳 현실문화연구
등록 1999년 4월 23일 / 제 2015-000091호
주소 서울시 은평구 불광로 128, 302호
전화 02-393-1125 / 팩스 02-393-1128 / 전자우편 hyunsilbook@daum.net
ⓗ blog.naver.com/hyunsilbook   ⓕ hyunsilbook   ⓘ hyunsilbook

ISBN 978-89-6564-277-0 (03800)

ⓒ 김기란 2016